Collection folio junior

Né à Joigny, dans l'Yonne, en 1902, **Marcel Aymé** a passé sa jeunesse à Villers-Robert, région de forêts, d'étangs et de prés. En 1925, il s'installe à Paris, où il exerce divers métiers : journaliste, manœuvre, camelot, figurant de cinéma — avant de publier un premier roman : *Brûlebois*.

Après le succès de *La Jument verte* (1933), il peut se consacrer entièrement à la littérature : son œuvre, qui comprend plus de trente romans, des pièces de théâtre et de nombreux contes et nouvelles, est un regard sur le monde. Regard savoureux dans lequel le merveilleux se mêle au quotidien. Son art du récit, son sens parodique, en font un des écrivains les plus originaux de son époque.

Marcel Aymé est mort en 1967.

Philippe Dumas dessine depuis longtemps pour les enfants. Après des études aux beaux-arts, il se tourne vers le livre pour enfants, ou il peut à sa guise jongler avec les mots et les couleurs. Son premier livre, *Laura, la Terre-Neuve d'Alice* (École des Loisirs), paraît en 1976. S'il préfère écrire lui-même les histoires qu'il illustre, il apprécie aussi beaucoup d'accompagner par ses croquis les textes des autres, pouvant imaginer du même coup de pinceau alerte des scènes de la Bible comme celle de l'univers merveilleux des contes de Marcel Aymé. Pour Folio Cadet, il a réalisé les illustrations d'*À l'heure où je t'écris*, de Victor Hugo.

Dans la vie de tous les jours, Philippe Dumas vit en Angleterre avec sa femme et ses cinq enfants dont il est très fier. Il a bon appétit, bon sommeil et bonne humeur. Ceux qui l'aiment bien disent de lui : « Il est fin comme un âne »

Alex Sanders, né en 1964, est l'auteur de la couvertu-tredes *Contes rouges du Chat perché*. Il fait ses études dans une école de cinéma de Bruxelles et travaille ensuite comme assistant de Jean-Paul Goude. C'est grâce à Alain le Saux et Philippe Corentin, dessinateur émérites qu'il connaît depuis son enfance, que l'envie lui est venue d'illustrer des livres pour enfants. Il a déja publié plusieurs titres dans la collection « Les Rois Les Reines », chez Gallimard Jeunesse/ Giboulées.

ISBN : 2-07-051337-8
Loi n° 49-956 du 16 juillet 1949
sur les publications destinées à la jeunesse
© Éditions Gallimard, 1963, pour le texte
© Éditions Gallimard, 1979, pour les illustrations
© Éditions Gallimard, 1987, pour le supplément
© Éditions Gallimard Jeunesse, 1997, pour la présente édition
Dépôt légal : septembre 2003
1er dépôt légal dans la même collection : septembre 1987
N° d'édition : 125120 – N° d'impression : 64463
Imprimé en France sur les presses de la Société Nouvelle Firmin-Didot

Marcel Aymé

Les contes rouges du chat perché

Illustrations de Philippe Dumas

Gallimard

La patte du chat

Le soir, comme ils rentraient des champs, les parents trouvent le chat sur la margelle du puits où il était occupé à faire sa toilette.

— Allons, dirent-ils, voilà le chat qui passe sa patte par-dessus son oreille. Il va encore pleuvoir demain.

En effet, le lendemain, la pluie tomba toute la journée. Il ne fallait pas penser à aller aux champs. Fâchés de ne pouvoir mettre le nez dehors, les parents étaient de mauvaise humeur et peu patients avec leurs deux filles. Delphine, l'aînée, et Marinette, la plus blonde, jouaient dans la cuisine à pigeon vole, aux osselets, au pendu, à la poupée et à loup-y-es-tu.

— Toujours jouer, grommelaient les parents, toujours s'amuser. Des grandes filles comme ça. Vous verrez que quand elles auront dix ans, elles joueront encore. Au lieu de s'occuper à un ouvrage de couture ou d'écrire à leur oncle Alfred. Ce serait pourtant bien plus utile.

Quand ils en avaient fini avec les petites, les parents s'en prenaient au chat qui, assis sur la fenêtre, regardait pleuvoir.

— C'est comme celui-là. Il n'en fait pas lourd non

plus dans une journée. Il ne manque pourtant pas de souris qui trottent de la cave au grenier. Mais Monsieur aime mieux se laisser nourrir à ne rien faire. C'est moins fatigant.

— Vous trouvez toujours à redire à tout, répondait le chat. La journée est faite pour dormir et pour se distraire. La nuit, quand je galope à travers le grenier, vous n'êtes pas derrière moi pour me faire des compliments.

— C'est bon. Tu as toujours raison, quoi.

Vers la fin de l'après-midi, la pluie continuait à tomber et, pendant que les parents étaient occupés à l'écurie, les petites se mirent à jouer autour de la table.

— Vous ne devriez pas jouer à ça, dit le chat. Ce qui va arriver, c'est que vous allez encore casser quelque chose. Et les parents vont crier.

— Si on t'écoutait, répondit Delphine, on ne joue-rait jamais à rien.

— C'est vrai, approuva Marinette. Avec Alphonse (c'était le nom qu'elles avaient donné au chat), il faudrait passer son temps à dormir.

Alphonse n'insista pas et les petites se remirent à courir. Au milieu de la table, il y avait un plat en faïence qui était dans la maison depuis cent ans et auquel les parents tenaient beaucoup. En courant,

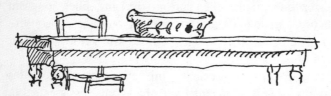

Delphine et Marinette empoignèrent un pied de la table, qu'elles soulevèrent sans y penser. Le plat en

faïence glissa doucement et tomba sur le carrelage où il fit plusieurs morceaux. Le chat, toujours assis sur la fenêtre, ne tourna même pas la tête. Les petites ne pensaient plus à courir et avaient très chaud aux oreilles.

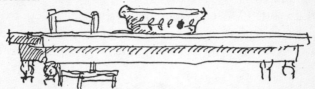

— Alphonse, il y a le plat en faïence qui vient de se casser. Qu'est-ce qu'on va faire ?

— Ramassez les débris et allez les jeter dans un fossé. Les parents ne s'apercevront peut-être de rien. Mais non, il est trop tard. Les voilà qui rentrent.

En voyant les morceaux du plat en faïence, les parents furent si en colère qu'ils se mirent à sauter comme des puces au travers de la cuisine.

— Malheureuses ! criaient-ils, un plat qui était dans la famille depuis cent ans ! Et vous l'avez mis en morceaux ! Vous n'en ferez jamais d'autres, deux monstres que vous êtes. Mais vous serez punies. Défense de jouer et au pain sec !

Jugeant la punition trop douce, les parents s'accordèrent un temps de réflexion et reprirent, en regardant les petites avec des sourires cruels :

Non, pas de pain sec. Mais demain, s'il ne pleut pas... demain... ha ! ha ! ha ! demain, vous irez voir la tante Mélina !

Delphine et Marinette étaient devenues très pâles et joignaient les mains avec des yeux suppliants.

— Pas de prière qui tienne ! S'il ne pleut pas, vous irez chez la tante Mélina lui porter un pot de confiture.

La tante Mélina était une très vieille et très méchante femme, qui avait une bouche sans dents et un menton plein de barbe. Quand les petites allaient

la voir dans son village, elle ne se lassait pas de les embrasser, ce qui n'était déjà pas très agréable, à cause de la barbe, et elle en profitait pour les pincer et leur tirer les cheveux. Son plaisir était de les obliger à manger d'un pain et d'un fromage qu'elle avait mis à moisir en prévision de leur visite. En outre, la tante Mélina trouvait que ses deux petites nièces lui ressemblaient beaucoup et affirmait qu'avant la fin de l'année elles seraient devenues ses deux fidèles portraits, ce qui était effrayant à penser.

— Pauvres enfants, soupira le chat. Pour un vieux plat déjà ébréché, c'est être bien sévère.

— De quoi te mêles-tu ? Mais, puisque tu les défends, c'est peut-être que tu les as aidées à casser le plat ?

— Oh ! non, dirent les petites. Alphonse n'a pas quitté la fenêtre.

— Silence ! Ah ! vous êtes bien tous les mêmes. Vous vous soutenez tous. Il n'y en a pas un pour racheter l'autre. Un chat qui passe ses journées à dormir...

— Puisque vous le prenez sur ce ton-là, dit le chat, j'aime mieux m'en aller. Marinette, ouvre-moi la fenêtre.

Marinette ouvrit la fenêtre et le chat sauta dans la cour. La pluie venait juste de cesser et un vent léger balayait les nuages.

— Le ciel est en train de se ressuyer, firent observer les parents avec bonne humeur. Demain, vous aurez un temps superbe pour aller chez la tante Mélina. C'est une chance. Allons, assez pleuré ! Ce n'est pas ça qui raccommodera le plat. Tenez, allez plutôt chercher du bois dans la remise.

Dans la remise, les petites retrouvèrent le chat installé sur la pile de bois. A travers ses larmes, Delphine le regardait faire sa toilette.

— Alphonse, lui dit-elle avec un sourire joyeux qui étonna sa sœur.

— Quoi donc, ma petite fille ?

— Je pense à quelque chose. Demain, si tu voulais, on n'irait pas chez la tante Mélina.

— Je ne demande pas mieux, mais tout ce que je peux dire aux parents n'empêchera rien, malheureusement.

— Justement, tu n'aurais pas besoin des parents. Tu sais ce qu'ils ont dit? Qu'on irait chez la tante Mélina s'il ne pleuvait pas.

— Alors?

— Eh bien! tu n'aurais qu'à passer ta patte derrière ton oreille. Il pleuvrait demain et on n'irait pas chez la tante Mélina.

— Tiens, c'est vrai, dit le chat, je n'y aurais pas pensé. Ma foi, c'est une bonne idée.

Il se mit aussitôt à passer la patte derrière son oreille. Il la passa plus de cinquante fois.

— Cette nuit, vous pourrez dormir tranquillement. Il pleuvra demain à ne pas mettre un chien dehors.

Pendant le dîner, les parents parlèrent beaucoup de la tante Mélina. Ils avaient déjà préparé le pot de confiture qu'ils lui destinaient.

Les petites avaient du mal à garder leur sérieux et, plusieurs fois, en rencontrant le regard de sa sœur, Marinette fit semblant de s'étrangler pour dissimuler qu'elle riait. Quand vint le moment d'aller se coucher, les parents mirent le nez à la fenêtre.

— Pour une belle nuit, dirent-ils, c'est une belle nuit. On n'a peut-être jamais tant vu d'étoiles au ciel. Demain, il fera bon d'aller sur les routes.

Mais le lendemain, le temps était gris et, de bonne heure, la pluie se mit à tomber. « Ce n'est rien, disaient les parents, ça ne peut pas durer. » Et ils firent mettre aux petites leur robe du dimanche et un ruban rose dans les cheveux. Mais il plut toute la matinée et l'après-midi jusqu'à la tombée du soir. Il

avait bien fallu ôter les robes du dimanche et les rubans roses. Pourtant, les parents restaient de bonne humeur.

— Ce n'est que partie remise. La tante Mélina, vous irez la voir demain. Le temps commence à s'éclaircir. En plein mois de mai, ce serait quand même bien étonnant s'il pleuvait trois jours d'affilée.

Ce soir-là, en faisant sa toilette, le chat passa encore la patte derrière son oreille et le lendemain fut jour de pluie. Pas plus que la veille, il ne pouvait être question d'envoyer les petites chez la tante Mélina. Les parents commençaient à être de mauvaise humeur. A l'ennui de voir la punition retardée par le mauvais temps s'ajoutait celui de ne pas pouvoir travailler aux champs. Pour un rien, ils s'emportaient contre leurs filles et criaient qu'elles n'étaient bonnes qu'à casser des plats. « Une visite à la tante Mélina vous fera du bien, ajoutaient-ils. Au premier jour de beau temps, vous y filerez depuis le grand matin. » Dans un moment où leur colère tournait à l'exaspération, ils tombèrent sur le chat, l'un à coups de balai, l'autre à coups de sabot, en le traitant d'inutile et de fainéant.

— Oh ! oh ! dit le chat, vous êtes plus méchants que je ne pensais. Vous m'avez battu sans raison, mais, parole de chat, vous vous repentirez.

Sans cet incident, provoqué par les parents, le chat se fût bientôt lassé de faire pleuvoir, car il aimait à grimper aux arbres, à courir par les champs et par les bois, et il trouvait excessif de se condamner à ne plus sortir pour éviter à ses amies l'ennui d'une visite à la tante Mélina. Mais il gardait des coups de sabot et des coups de balai un souvenir si vif que les petites n'eurent plus besoin de le prier pour qu'il passât sa patte derrière son oreille. Il en faisait désormais une affaire personnelle. Pendant huit jours d'affilée, il plut sans arrêt, du matin au soir. Les parents, obligés de rester à la maison et voyant déjà

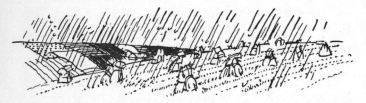

leurs récoltes pourrir sur pied, ne décoléraient plus. Ils avaient oublié le plat de faïence et la visite à la tante Mélina, mais, peu à peu, ils se mirent à regarder le chat de travers. A chaque instant, ils tenaient à voix basse de longs conciliabules dont personne ne put deviner le secret.

Un matin, de bonne heure, on était au huitième jour de pluie, et les parents se préparaient à aller à la gare, malgré le mauvais temps, expédier des sacs de pommes de terre à la ville. En se levant, Delphine et Marinette les trouvèrent dans la cuisine occupés à coudre un sac. Sur la table, il y avait une grosse pierre qui pesait au moins trois livres. Aux questions que firent les petites, ils répondirent, avec un air un peu embarrassé, qu'il s'agissait d'un envoi à joindre aux sacs de pommes de terre. Là-dessus, le chat fit son entrée dans la cuisine et salua tout le monde poliment.

— Alphonse, lui dirent les parents, tu as un bon bol de lait frais qui t'attend près du fourneau.

— Je vous remercie, parents, vous êtes bien aimables, dit le chat, un peu surpris de ces bons procédés auxquels il n'était plus habitué.

Pendant qu'il buvait son bol de lait frais, les parents le saisirent chacun par deux pattes, le firent entrer dans le sac la tête la première et, après y avoir introduit la grosse pierre de trois livres, fermèrent l'ouverture avec une forte ficelle.

— Qu'est-ce qui vous prend ? criait le chat en se débattant à l'intérieur du sac. Vous perdez la tête, parents !

— Il nous prend, dirent les parents, qu'on ne veut plus d'un chat qui passe sa patte derrière son oreille tous les soirs. Assez de pluie comme ça. Puisque tu aimes tant l'eau, mon garçon, tu vas en avoir tout ton saoul. Dans cinq minutes, tu feras ta toilette au fond de la rivière.

Delphine et Marinette se mirent à crier qu'elles ne laisseraient pas jeter Alphonse à la rivière. Les parents criaient que rien ne saurait les empêcher de noyer une sale bête qui faisait pleuvoir. Alphonse miaulait et se démenait dans sa prison comme un furieux. Marinette

l'embrassait à travers la toile du sac et Delphine suppliait à genoux qu'on laissât la vie à leur chat. « Non, non ! répondaient les parents avec des voix d'ogres, pas de pitié pour les mauvais chats ! » Soudain, ils s'avisèrent qu'il était presque huit heures et qu'ils allaient arriver en retard à la gare. En hâte, ils agrafèrent leurs pèlerines, relevèrent leurs capuchons et dirent aux petites avant de quitter la cuisine :

— On n'a plus le temps d'aller à la rivière maintenant. Ce sera pour midi, à notre retour. D'ici là, ne
vous avisez pas d'ouvrir le sac. Si jamais Alphonse
n'était pas là à midi, vous partiriez aussitôt chez la
tante Mélina pour six mois et peut-être pour la vie.

Les parents ne furent pas plus tôt sur la route que
Delphine et Marinette dénouèrent la ficelle du sac.

Le chat passa la tête par l'ouverture et leur dit :

— Petites, j'ai toujours pensé que vous aviez des
cœurs d'or. Mais je serais un bien triste chat si
j'acceptais, pour me sauver, de vous voir passer six
mois et peut-être plus chez la tante Mélina. A ce
prix-là, j'aime cent fois mieux être jeté à la rivière.

— La tante Mélina n'est pas si méchante qu'on le
dit et six mois seront vite passés.

Mais le chat ne voulut rien entendre et, pour
bien marquer que sa résolution était prise, il rentra
sa tête dans le sac. Pendant que Delphine essayait
encore de le persuader, Marinette sortit dans la cour
et alla demander conseil au canard qui barbotait sous
la pluie, au milieu d'une flaque d'eau. C'était un
canard avisé et qui avait beaucoup de sérieux. Pour
mieux réfléchir, il cacha sa tête sous son aile.

— J'ai beau me creuser la cervelle, dit-il enfin, je ne vois pas le moyen de décider Alphonse à sortir de son sac. Je le connais, il est entêté. Si on le fait sortir de force, rien ne pourra l'empêcher de se présenter aux parents à leur retour. Sans compter que je lui donne entièrement raison. Pour ma part, je ne vivrais pas en paix avec ma conscience si vous étiez obligées, par ma faute, d'obéir à la tante Mélina.

— Et nous, alors ? Si Alphonse est noyé, est-ce que notre conscience ne nous fera pas de reproches ?

— Bien sûr, dit le canard, bien sûr. Il faudrait trouver quelque chose qui arrange tout. Mais j'ai beau chercher, je ne vois vraiment rien.

Marinette eut l'idée de consulter les bêtes de la ferme et, pour ne pas perdre de temps, elle décida de faire entrer tout ce monde dans la cuisine. Le cheval, le chien, les bœufs, les vaches, le cochon, les volailles

vinrent s'asseoir chacun à la place que lui désignaient les petites. Le chat, qui se trouvait au milieu du cercle ainsi formé, consentit à sortir la tête du sac, et le canard, qui se tenait auprès de lui, prit la parole pour mettre les bêtes au courant de la situation. Quand il eut fini, chacun se mit à réfléchir en silence.

— Quelqu'un a-t-il une idée ? demanda le canard.

— Moi, répondit le cochon. Voilà. A midi, quand les parents rentreront, je leur parlerai. Je leur ferai honte d'avoir eu d'aussi mauvaises pensées. Je leur expliquerai que la vie des bêtes est sacrée et qu'ils commettraient un crime affreux en jetant Alphonse à la rivière. Ils me comprendront sûrement.

Le canard hocha la tête avec sympathie, mais n'eut pas l'air convaincu. Dans l'esprit des parents, le cochon était promis au saloir et ses raisons ne pouvaient pas être d'un grand poids.

— Quelqu'un d'autre a-t-il une idée ?

— Moi, dit le chien. Vous n'aurez qu'à me laisser faire. Quand les parents emporteront le sac, je leur mordrai les mollets jusqu'à ce qu'ils aient délivré le chat.

L'idée parut bonne, mais Delphine et Marinette, quoique un peu tentées, ne voulaient pas laisser mordre les mollets de leurs parents.

— D'ailleurs, fit observer une vache, le chien est trop obéissant pour oser s'en prendre aux parents.

— C'est vrai, soupira le chien, je suis trop obéissant.

— Il y aurait une chose bien plus simple, dit un bœuf blanc. Alphonse n'a qu'à sortir du sac et on mettra une bûche de bois à sa place.

Les paroles du bœuf furent accueillies par une rumeur d'admiration, mais le chat secoua la tête.

— Impossible. Les parents s'apercevront que dans le sac rien ne bouge, rien ne parle ni ne respire et ils auront tôt fait de découvrir la vérité.

Il fallut convenir qu'Alphonse avait raison. Les bêtes en furent un peu découragées. Dans le silence qui suivit, le cheval prit la parole. C'était un vieux cheval pelé, tremblant sur ses jambes, et que les parents n'utilisaient plus. Il était question de le vendre pour la boucherie chevaline.

— Je n'ai plus longtemps à vivre, dit-il. Tant qu'à finir mes jours, il vaut mieux que ce soit pour quelque chose d'utile. Alphonse est jeune. Alphonse a encore un bel avenir de chat. Il est donc bien naturel que je prenne sa place dans le sac.

Tout le monde se montra très touché de la proposition du cheval. Alphonse était si ému qu'il sortit du sac et alla se frotter à ses jambes en faisant le gros dos.

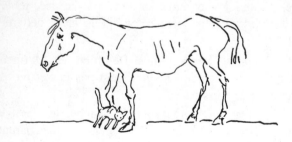

— Tu es le meilleur des amis et la plus généreuse des bêtes, dit-il, au vieux cheval. Si j'ai la chance de n'être pas noyé aujourd'hui, je n'oublierai jamais le sacrifice que tu as voulu faire pour moi et c'est du fond du cœur que je te remercie.

Delphine et Marinette se mirent à renifler et le cochon, qui, lui aussi, avait une très belle âme, éclata en sanglots. Le chat s'essuya les yeux avec sa patte et poursuivit :

— Malheureusement, ce que tu me proposes là est impossible, et je le regrette, car j'étais prêt à accepter une offre qui m'est faite de si bonne amitié. Mais je tiens juste dans le sac et il ne peut être question pour toi de prendre ma place. Ta tête n'entrerait même pas tout entière.

Il devint aussitôt évident pour les petites et pour toutes les bêtes que la substitution était impossible. A côté d'Alphonse le vieux cheval faisait figure de géant. Un coq, qui avait peu de manières, trouva le rapprochement comique et se permit d'en rire bruyamment.

— Silence ! lui dit le canard. Nous n'avons pas le cœur à rire et je croyais que vous l'aviez compris. Mais vous n'êtes qu'un galopin. Faites-nous donc le plaisir de prendre la porte.

— Dites donc, vous, répliqua le coq, mêlez-vous de vos affaires ! Est-ce que je vous demande l'heure qu'il est ?

— Mon Dieu, qu'il est donc vulgaire, murmura le cochon.

— A la porte ! se mirent à crier toutes les bêtes. A la porte, le coq ! A la porte, le vulgaire ! A la porte !

Le coq, la crête très rouge, traversa la cuisine sous les huées et sortit en jurant qu'il se vengerait. Comme la pluie tombait, il alla se réfugier dans la remise. Au bout de quelques minutes, Marinette y vint à son tour et, avec beaucoup de soin, choisit une bûche dans la pile de bois.

— Je pourrais peut-être t'aider à trouver ce que tu cherches, proposa le coq d'une voix aimable.

— Oh ! non. Je cherche une bûche qui ait une forme... enfin, une forme.

— Une forme de chat, quoi. Mais comme le disait Alphonse, les parents verront bien que la bûche ne bouge pas.

— Justement non, répondit Marinette. Le canard a eu l'idée de...

Ayant entendu dire à la cuisine qu'il fallait se méfier du coq et craignant d'avoir eu déjà la langue trop longue, Marinette en resta là et quitta la remise avec la bûche qu'elle venait de choisir. Il la vit courir sous la pluie et entrer dans la cuisine. Peu après, Delphine sortit avec le chat et, lui ayant ouvert la porte de la grange, l'attendit sur le seuil. Le coq ouvrait des yeux ronds et essayait en vain de comprendre ce qui se passait. De temps en temps, Delphine s'approchait de la fenêtre de la cuisine et demandait l'heure d'une voix anxieuse.

— Midi moins vingt, répondit Marinette la première fois. Midi moins dix... Midi moins cinq...

Le chat ne reparaissait pas.

A l'exception du canard, toutes les bêtes avaient évacué la cuisine et gagné un abri.

— Quelle heure ?

— Midi. Tout est perdu. On dirait... Tu entends ? Le bruit d'une voiture. Voilà les parents qui rentrent.

— Tant pis, dit Delphine. Je vais enfermer Alphonse dans la grange. Après tout, on ne mourra pas d'aller passer six mois chez la tante Mélina.

Elle allongeait le bras pour fermer la porte, mais Alphonse apparut au seuil, tenant entre ses dents une souris vivante. La voiture des parents, qui conduisaient à toute bride, venait de surgir au bout de la route.

Le chat et Delphine à sa suite se précipitèrent à la cuisine. Marinette ouvrit la gueule du sac où elle avait déjà placé la bûche, enveloppée de chiffons pour lui donner plus de moelleux. Alphonse y laissa tomber la souris qu'il tenait par la peau du dos et le sac fut aussitôt refermé. La voiture des parents arrivait au bout du jardin.

— Souris, dit le canard en se penchant sur le sac, le chat a eu la bonté de te laisser la vie, mais c'est à une condition. M'entends-tu ?

— Oui, j'entends, répondit une toute petite voix.

— On ne te demande qu'une chose, c'est de marcher sur la bûche de bois qui est enfermée avec toi, de façon à faire croire qu'elle remue.

— C'est facile. Et après ?

— Après il va venir des gens qui emporteront le sac pour le jeter à l'eau.

— Oui, mais alors...

— Pas de mais. Au fond du sac, il y a un petit trou. Tu pourras l'agrandir si nécessaire et quand tu entendras aboyer un chien près de toi tu t'échapperas. Mais pas avant qu'il ait aboyé, sans quoi il te tuerait. C'est compris ? Surtout, quoi qu'il arrive, ne pousse pas un cri, ne prononce pas une parole.

La voiture des parents débouchait dans la cour. Marinette cacha Alphonse dans le coffre à bois et posa le sac sur le couvercle. Pendant que les parents dételaient, le canard quitta la cuisine et les petites se frottèrent les yeux pour les avoir rouges.

— Quel vilain temps il fait, dirent les parents en entrant. La pluie a traversé nos pèlerines. Quand on pense que c'est à cause de cet animal de chat !

— Si je n'étais pas enfermé dans un sac, dit le chat, j'aurais peut-être le cœur à vous plaindre.

Le chat, blotti dans le coffre à bois, se trouvait juste sous le sac d'où semblait sortir sa voix, à peine assourdie. A l'intérieur de sa prison, la souris allait et venait sur la bûche et faisait bouger la toile du sac.

— Nous autres parents, nous ne sommes pas à plaindre. C'est bien plutôt toi qui te trouves en mauvaise posture. Mais tu ne l'as pas volé.

— Allons, parents, allons. Vous n'êtes pas aussi méchants que vous vous en donnez l'air. Laissez-moi sortir du sac et je consens à vous pardonner.

— Nous pardonner ! Voilà qui est plus fort que

tout. C'est peut-être nous qui faisons pleuvoir tous les jours depuis une semaine ?

— Oh ! non, dit le chat, vous en êtes bien incapables. Mais l'autre jour, c'est bien vous qui m'avez battu injustement. Monstres ! Bourreaux ! Sans cœur !

— Ah ! la sale bête de chat ! s'écrièrent les parents. Le voilà qui nous insulte !

Ils étaient si en colère qu'ils se mirent à taper sur le sac avec un manche à balai. La bûche emmaillotée recevait de grands coups, et tandis que la souris, effrayée, faisait des bonds à l'intérieur du sac, Alphonse poussait des hurlements de douleur.

As-tu ton compte, cette fois ? Et diras-tu encore que nous n'avons pas de cœur ?

— Je ne vous parle plus, répliqua Alphonse. Vous pouvez dire ce qu'il vous plaira. Je n'ouvrirai plus la bouche à de méchantes gens comme vous.

— A ton aise, mon garçon. Du reste, il est temps d'en finir. Allons, en route pour la rivière.

Les parents se saisirent du sac et, malgré les cris que poussaient les petites, sortirent de la cuisine. Le chien, qui les attendait dans la cour, se mit à les suivre avec un air de consternation qui les gêna un

25

peu. Comme ils passaient devant la remise, le coq les interpella :

— Alors, parents, vous allez noyer ce pauvre Alphonse ? Mais dites-moi, il doit être déjà mort. Il ne remue pas plus qu'une bûche de bois.

— C'est bien possible. Il a reçu une telle volée de coups de balai qu'il ne doit plus être bien vif.

Ce disant, les parents donnèrent un coup d'œil au sac qu'ils tenaient caché sous une pèlerine.

— Pourtant, ce n'est pas ce qui l'empêche de se donner du mouvement.

— C'est vrai, dit le coq, mais on ne l'entend pas plus que si vous aviez dans votre sac une bûche au lieu d'un chat.

— En effet, il vient de nous dire qu'il n'ouvrirait plus la bouche, même pour nous répondre.

Cette fois, le coq n'osa plus douter de la présence du chat et lui souhaita bon voyage.

Cependant, Alphonse était sorti de son coffre à bois et dansait une ronde avec les petites au milieu de la cuisine. Le canard, qui assistait à leurs ébats, ne voulait pas troubler leur joie, mais il restait soucieux à la pensée que les parents s'étaient peut-être aperçus de la substitution.

— Maintenant, dit-il, quand la sarabande se fut arrêtée, il faut songer à être prudent. Il ne s'agit pas qu'à leur retour les parents trouvent le chat dans la cuisine. Alphonse, il est temps d'aller t'installer au grenier, et souviens-toi de n'en jamais descendre dans la journée.

— Tous les soirs, dit Delphine, tu trouveras sous la remise de quoi manger et un bol de lait.

— Et dans la journée, promit Marinette, on montera au grenier pour te dire bonjour.

— Et moi, j'irai vous voir dans votre chambre. Le soir, en vous couchant, vous n'aurez qu'à laisser la fenêtre entrebâillée.

Les petites et le canard accompagnèrent le chat jusqu'à la porte de la grange. Ils y arrivèrent en même temps que la souris qui regagnait son grenier après s'être échappée du sac.

— Alors ? dit le canard.

— Je suis trempée, dit la souris. Ce retour sous la pluie n'en finissait plus. Et figurez-vous que j'ai bien failli être noyée. Le chien n'a aboyé qu'à la dernière seconde, quand les parents étaient déjà au bord de la rivière. Il s'en est fallu de rien qu'ils me jettent dans l'eau avec le sac.

— Enfin, tout s'est bien passé, dit le canard. Mais ne vous attardez pas et filez au grenier.

A leur retour, les parents trouvèrent les petites qui mettaient la table en chantant, et ils en furent choqués.

— Vraiment, la mort de ce pauvre Alphonse n'a pas l'air de vous chagriner beaucoup. Ce n'était pas la peine de crier si fort quand il est parti. Il méritait pourtant d'avoir des amis plus fidèles. Au fond, c'était une excellente bête et qui va bien nous manquer.

— On a beaucoup de peine, affirma Marinette, mais puisqu'il est mort, ma foi, il est mort. On n'y peut plus rien.

— Après tout, il a bien mérité ce qui lui est arrivé, ajouta Delphine.

— Voilà des façons de parler qui ne nous plaisent pas, grondèrent les parents. Vous êtes des enfants sans cœur. On a bien envie, ah ! oui, bien envie de vous envoyer faire un tour chez la tante Mélina.

Sur ces mots, on se mit à table, mais les parents étaient si tristes qu'ils ne pouvaient presque pas manger, et ils disaient aux petites qui, elles, mangeaient comme quatre :

— Ce n'est pas le chagrin qui vous coupe l'appétit. Si ce pauvre Alphonse pouvait nous voir, il comprendrait où étaient ses vrais amis.

A la fin du repas, ils ne purent retenir des larmes et se mirent à sangloter dans leurs mouchoirs.

— Voyons, parents, disaient les petites, voyons, un peu de courage. Il ne faut pas se laisser aller. Ce n'est pas de pleurer qui va ressusciter Alphonse. Bien sûr, vous l'avez mis dans un sac, assommé à coups de bâton et jeté à la rivière, mais pensez que c'était pour notre bien à tous, pour rendre le soleil à nos récoltes. Soyez raisonnables. Tout à l'heure, en partant pour la rivière, vous étiez si courageux, si gais !

Tout le reste de la journée, les parents furent tristes, mais, le lendemain matin, le ciel était clair, la campagne ensoleillée, et ils ne pensaient plus guère à leur chat. Les jours suivants, ils y pensèrent encore bien moins. Le soleil était de plus en plus chaud et la besogne des champs ne leur laissait pas le temps d'un regret.

Pour les petites, elles n'avaient pas besoin de penser à Alphonse. Il ne les quittait presque pas. Profitant de l'absence des parents, il était dans la cour du matin au soir et ne se cachait qu'aux heures des repas.

La nuit, il les rejoignait dans leur chambre.

Un soir qu'ils rentraient à la ferme, le coq vint à la rencontre des parents et leur dit :

— Je ne sais pas si c'est une idée, mais il me semble avoir aperçu Alphonse dans la cour.

— Ce coq est idiot, grommelèrent les parents et ils passèrent leur chemin.

Mais le lendemain, le coq vint encore à leur rencontre :

— Si Alphonse n'était pas au fond de la rivière, dit-il, je jurerais bien l'avoir vu cet après-midi jouer avec les petites.

— Il est de plus en plus idiot, avec ce pauvre Alphonse.

Ce disant, les parents considéraient le coq avec beaucoup d'attention. Ils se mirent à parler tout bas sans le quitter des yeux.

— Ce coq est une pauvre cervelle, disaient-ils, mais il a joliment bonne mine. On le voyait pourtant tous les jours et on ne s'en apercevait pas. Le fait est qu'il est à point et qu'on ne gagnerait rien à le nourrir plus longtemps.

Le lendemain, de bon matin, le coq fut saigné au moment où il se préparait à parler d'Alphonse. On le fit cuire à la cocotte et tout le monde fut très content de lui.

Il y avait quinze jours qu'Alphonse passait pour mort et le temps était toujours aussi beau. Pas une goutte de pluie n'était encore tombée. Les parents disaient que c'était une chance et ajoutaient avec un commencement d'inquiétude :

— Il ne faudrait tout de même pas que ça dure trop longtemps. Ce serait la sécheresse. Une bonne pluie arrangerait bien les choses.

Au bout de vingt-trois jours, il n'avait toujours pas plu. La terre était si sèche que rien ne poussait plus. Les blés, les avoines, les seigles ne grandissaient pas et commençaient à jaunir. « Encore une semaine de ce temps-là, disaient les parents, et tout sera grillé. » Ils se désolaient, regrettant tout haut la mort d'Alphonse et accusant les petites d'en être la cause. « Si vous n'aviez pas cassé le plat en faïence, il n'y aurait jamais eu d'histoires avec le chat et il serait encore là pour nous donner de la pluie. » Le soir, après dîner, ils allaient s'asseoir dans la cour et, regardant le ciel sans nuage, ils se tordaient les mains de désespoir en criant le nom d'Alphonse.

Un matin, les parents vinrent dans la chambre des petites pour les réveiller. Le chat, qui avait passé une partie de la nuit à bavarder avec elles, était resté endormi sur le lit de Marinette. En entendant ouvrir la porte, il n'eut que le temps de se glisser sous la courtepointe.

— Il est l'heure, dirent les parents, réveillez-vous. Le soleil est déjà chaud et ce n'est pas encore aujourd'hui qu'il pleuvra... Ah ! ça mais...

Ils s'étaient interrompus et, le cou tendu, les yeux ronds, regardaient le lit de Marinette. Alphonse, qui se croyait bien caché, n'avait pas pensé que sa queue passait hors de la courtepointe. Delphine et Marinette, encore ensommeillées, s'enfonçaient jusqu'aux cheveux sous les couvertures. S'avançant à pas de loup, les parents, de leurs quatre mains, empoignèrent la queue du chat qui se trouva soudain suspendu.

— Ah ! ça, mais c'est Alphonse !

— Oui, c'est moi, mais lâchez-moi, vous me faites mal. On vous expliquera.

Les parents posèrent le chat sur le lit. Delphine et Marinette furent bien obligées d'avouer ce qui s'était passé le jour de la noyade.

— C'était pour votre bien, affirma Delphine, pour vous éviter de faire mourir un pauvre chat qui ne le méritait pas.

— Vous nous avez désobéi, grondèrent les parents. Ce qui est promis est promis. Vous allez filer chez la tante Mélina.

— Ah ! c'est comme ça ? s'écria le chat en sautant sur le rebord de la fenêtre. Eh bien ! moi aussi, je vais chez la tante Mélina, et je pars le premier.

Comprenant qu'ils venaient d'être maladroits, les parents prièrent Alphonse de vouloir bien rester à la ferme, car il y allait de l'avenir des récoltes. Mais le chat ne voulait plus rien entendre. Enfin, après s'être laissé longtemps supplier et avoir reçu la promesse que les petites ne quitteraient pas la ferme, il consentit à rester.

Le soir de ce même jour — le plus chaud qu'on eût jamais vu — Delphine, Marinette, les parents et toutes les bêtes de la ferme formèrent un grand cercle dans la cour. Au milieu du cercle, Alphonse était assis sur un tabouret. Sans se presser, il fit d'abord sa toilette et, le moment venu, passa plus de cinquante fois sa patte derrière l'oreille. Le lendemain matin, après vingt-cinq jours de sécheresse, il tombait une bonne pluie, rafraîchissant bêtes et gens. Dans le jardin, dans les champs et dans les prés, tout se mit à pousser et à reverdir. La semaine suivante, il y eut encore un heureux événement. Ayant eu l'idée de raser sa barbe, la tante Mélina avait trouvé sans peine à se marier et s'en allait habiter avec son nouvel époux à mille kilomètres de chez les petites.

Les vaches

Delphine et Marinette firent sortir les vaches de l'étable pour les mener paître aux grands prés du bord de la rivière, de l'autre côté du village. Comme elles ne devaient rentrer que le soir, elles emportaient dans un panier leur déjeuner de midi, celui du chien et deux tartines de confiture de groseille pour leur quatre heures.

— Allez, dirent les parents, et surtout, veillez bien à ce que les bêtes n'aillent pas se gonfler dans les trèfles ou croquer des pommes aux arbres des chemins. Pensez tout de même que vous n'êtes plus des enfants. A vous deux, vous avez presque vingt ans.

Les parents s'adressèrent ensuite au chien qui flairait avec amitié le panier du déjeuner.

— Et toi, feignant, tâche de faire attention aussi.

— Toujours des compliments, murmura le chien. Ça ne change pas.

— Vous, les vaches, pensez qu'on vous emmène brouter une herbe qui ne coûte rien. N'en perdez pas une bouchée.

— Soyez tranquilles, parents, dirent les vaches. Pour manger, on mangera.

L'une d'elles ajouta d'une voix aigre :

— On mangerait mieux si on n'était pas toujours dérangées.

Celle qui venait de parler ainsi était une petite vache grise qu'on appelait la Cornette. Elle avait réussi à gagner la confiance des parents, ne manquant jamais de leur rapporter ce que faisaient les petites et même ce qu'elles ne faisaient pas, car elle prenait un méchant plaisir à les faire gronder et mettre au pain sec.

— Dérangées ? demande Delphine. Et qui donc te dérange ?

— Je dis ce que je dis, fit la Cornette en s'éloignant.

Derrière elle, le troupeau gagna la route, et les parents restèrent seuls, plantés au milieu de la cour de la ferme et grondant entre les dents :

— Hum ! voilà encore une chose qu'il faudra tirer au clair. C'est toujours pareil, quoi. Ces gamines sont deux vraies têtes folles. Ah ! heureusement ! Heureusement qu'il y a la Cornette, si raisonnable et si dévouée, surtout.

Ils se regardèrent, la tête penchée du côté droit, et ajoutèrent en essuyant une larme d'attendrissement :

— Bonne petite Cornette, va.

Là-dessus, ils rentrèrent chez eux en grommelant contre l'insouciance de leurs filles.

Le troupeau n'était pas à deux cents mètres de la ferme lorsqu'il rencontra sur le bord du chemin une branche de pommier, que l'orage de la nuit avait sans doute arrachée à l'arbre. Au risque de s'étrangler, les vaches se mirent à croquer des pommes. La Cornette, qui allait en avant, était passée à côté de l'aubaine sans y prendre garde. Lorsqu'elle s'en avisa, elle revint

sur ses pas, mais trop tard. Il ne restait plus une pomme.

— C'est ça, dit-elle en ricanant. On vous laisse encore manger des pommes. Tant pis si vous en crevez, hein ?

— Oui, dit Marinette, tu rages parce que tu n'en as pas eu.

Les petites se mirent à rire et les vaches et le chien aussi. La Cornette était si en colère qu'elle tremblait des quatre pattes. Elle déclara d'une voix rageuse :

— Je vais le dire.

Déjà elle se dirigeait vers la ferme, mais le chien se mit devant elle et l'avertit :

— Si tu fais encore un pas, je te mange le mufle.

Il montrait les dents, et son poil se hérissait sur son dos. On voyait bien qu'il était prêt à faire comme il disait et la Cornette en jugea ainsi, car elle rebroussa chemin aussitôt.

— C'est bon, dit-elle, tout ça se retrouvera. Mon tour de rire ne tardera pas longtemps.

Le troupeau se remit en marche et la Cornette, sans s'arrêter à brouter au long des chemins comme faisaient les autres vaches, prit une bonne avance. En arrivant en vue des grands prés, elle fit une halte assez longue devant une ferme isolée et tint conversation avec la fermière qui étendait du linge sur la haie de son jardin. De l'autre côté de la route, à cent mètres de la ferme, des romanichels avaient dételé le cheval de leur roulotte et, assis au bord du fossé, travaillaient à tresser des paniers. Lorsque le reste du troupeau eut rejoint la Cornette, la fermière arrêta les deux petites et leur dit en montrant la roulotte :

— Faites attention à ces gens-là. C'est du monde qui ne vaut pas cher et qui est capable de tout. Si quelqu'un d'entre eux vient à vous parler, passez votre chemin et ne répondez pas.

Delphine et Marinette remercièrent poliment, mais sans beaucoup de chaleur. La fermière ne leur plaisait pas. Elles lui trouvaient un air rusé et sournois qui la faisait ressembler à la Cornette, et la seule dent, longue et jaune, qu'elle eût au milieu de la bouche, leur faisait un peu peur. Et le fermier qui, sur le pas de sa porte, les regardait du coin de l'œil, ne leur plaisait pas non plus. Jusqu'alors, l'un et l'autre ne leur avaient jamais adressé la parole que pour leur reprocher de ne pas surveiller leurs vaches et pour les menacer d'aller se plaindre aux parents. Toutefois, en passant devant la roulotte, elles pressèrent le pas, osant à peine jeter un regard de côté. Les romanichels, qui travaillaient en riant et en chantant, n'eurent pas l'air de faire attention à elles.

Aux grands prés, la journée se passa bien, sauf qu'à plusieurs reprises, la Cornette s'en fut marauder dans un champ de luzerne en bordure de la prairie. Elle y mit tant d'arrogance et d'entêtement qu'à la troisième fois, il fallut une volée de coups de bâton pour la déloger. Comme elle détalait de toute sa vitesse, le chien se suspendit à sa queue et fit ainsi plus de vingt mètres sans toucher terre.

— Ça leur coûtera cher, dit-elle en rejoignant le troupeau.

Vers la fin de l'après-midi, les petites allèrent jusqu'à la rivière pour causer avec les poissons, et le chien, qui eût mieux fait de garder le troupeau, tint à les accompagner. Du reste, la conversation manqua d'intérêt. Elles ne virent d'autre poisson qu'un gros brochet presque idiot qui, à tout ce qu'on lui disait, se contentait de répondre : « Comme je dis souvent, un bon repas et un bon somme par-dessus, il n'y a encore que ça qui compte. » Renonçant à en tirer autre chose, les bergères et leur chien regagnèrent le milieu de la prairie. Le troupeau paissait tranquillement, mais la Cornette avait disparu. Les autres vaches, trop occupées à bien brouter, ne l'avaient pas vue s'éloigner.

Delphine et Marinette ne doutaient pas que la Cornette fût rentrée tout droit à la maison afin d'y être la première et de monter la tête aux parents avec une histoire de sa façon. Dans l'espoir de la rejoindre avant qu'elle eût atteint la ferme, elles quittèrent aussitôt les grands prés et ramenèrent les vaches au pas gymnastique.

Les parents n'étaient pas encore rentrés des champs, mais nulle part il n'y avait trace de la Cornette et personne ne l'avait vue. Les petites perdaient la tête, et le chien, songeant à ce qui l'attendait, n'en menait pas large. Dans la cour, il y avait un canard d'un très beau plumage et qui avait beaucoup de sang-froid.

— Ne nous affolons pas, dit-il. Vous allez d'abord traire les vaches et porter le lait à la laiterie. Après, nous aviserons.

Les petites suivirent le conseil du canard. Elles étaient déjà revenues de la laiterie lorsque les parents arrivèrent à la ferme. Il faisait nuit noire et, dans la cuisine, la lampe était allumée.

— Bonjour, dirent les parents. Tout s'est bien passé ? Rien de nouveau ?

— Ma foi non, répondit le chien. Rien de nouveau.

— Toi, tu parleras quand on t'interrogera. En voilà un animal ! Alors, petites, rien de nouveau ?

— Non, rien, dirent les petites en rougissant et avec des voix toutes chevrotantes. Tout a été à peu près...

— A peu près? Hum! Allons voir un peu ce qu'en pensent les bêtes.

Les parents quittèrent la cuisine, mais le chien les avait déjà précédés et rejoignait le canard qui l'attendait à la place de la Cornette tout au fond de l'étable.

— Bonsoir, les vaches, dirent les parents. La journée a été belle?

— Une journée superbe, parents. Jamais encore on n'avait mangé d'une aussi bonne herbe.

— Allons, tant mieux. Et autrement, pas d'ennuis?

— Non, pas d'ennuis.

Dans l'obscurité, à tâtons, les parents s'avancèrent d'un pas vers le fond de l'étable.

— Et toi, brave petite Cornette, tu ne dis rien?

Le chien, auquel le canard soufflait tous les mots, répondit d'une voix dolente :

— J'ai si bien mangé, voyez-vous, que je tombe de sommeil.

— Ah! la bonne vache! Voilà qui fait plaisir à entendre. Aujourd'hui, en somme, tu n'as pas été trop dérangée?

— Je n'ai à me plaindre de personne...

Le chien marqua un temps d'hésitation, mais pressé par le canard, il ajouta sans beaucoup d'empressement :

— Non, je n'ai pas à me plaindre, sauf que cette sale bête de chien s'est encore pendu à ma queue. Vous direz ce que vous voudrez, parents, mais la queue d'une vache n'est pas faite pour servir de balançoire à un chien.

— Bien sûr que non. Ah! la vilaine bête! Mais, sois tranquille, tout à l'heure, il aura son compte de coups de sabot dans les côtes. En ce moment, il ne se doute pas de ce qui l'attend.

— Ne le frappez pas trop fort tout de même. Au fond, vous savez, ce qu'il m'a fait là, c'était bien un peu pour rire.

— Non, non, pas de pitié pour les mauvais bergers, il sera roué de coups comme il le mérite.

Là-dessus, les parents regagnèrent la cuisine. Le chien s'y trouvait déjà, couché sous le fourneau.

— Arrive ici, toi ! lui crièrent ses maîtres.

— Tout de suite, dit le chien. Mais on dirait que vous n'avez pas l'air d'être contents de moi. Vous savez, bien souvent, on se fait des idées...

— Viendras-tu ?

— Je viens, je viens. En tout cas, je fais mon possible. Il faut vous dire que je souffre d'un rhumatisme dans le côté droit...

— Justement, il y a un bon médicament qui t'attend.

Et en disant cela, les parents regardaient le nez de leurs sabots avec un air cruel. Les petites plaidèrent pour le chien et, comme ils croyaient n'avoir rien à leur reprocher, ils voulurent bien se contenter de lui administrer un seul coup de sabot chacun.

Le lendemain matin, en venant traire les vaches, les parents virent que la Cornette n'était pas dans l'étable. A sa place, il y avait un seau plein de lait encore tiède fourni par les autres vaches.

— Tout à l'heure, pendant que vous étiez au grenier, expliqua le canard, la Cornette se plaignait d'avoir mal à la tête. Elle a demandé aux petites de la traire tout de suite et Marinette vient de l'emmener aux grands prés.

— Puisque la Cornette le demandait, les petites ont bien fait, dirent les parents.

Cependant, Marinette s'en allait seule vers les grands prés. La fermière qui n'avait qu'une dent était dans la cour de sa ferme. Elle s'étonna de voir la bergère sans son chien et sans son troupeau.

— Ah ! si vous saviez ce qui nous est arrivé, dit Marinette. Hier après-midi, on a perdu une vache.

La fermière déclara n'avoir pas vu la Cornette. Elle ajouta en montrant, de l'autre côté de la route, les romanichels qui prenaient leur petit déjeuner du matin devant la roulotte :

— En ce moment, il ne fait pas bon laisser traîner des bêtes ou quoi que ce soit. Ce n'est pas perdu pour tout le monde.

En s'éloignant, Marinette risqua un coup d'œil vers la roulotte, mais n'osa pas interroger les bohémiens. Du reste, elle ne croyait pas qu'ils eussent volé la Cornette. Où l'auraient-ils mise ? La porte de la roulotte était trop étroite pour qu'une vache y pût passer. Pendant qu'elle était seule aux grands prés, elle alla jusqu'à la rivière s'informer auprès des poissons si une vache n'avait pas péri la veille en s'aventurant dans quelque trou d'eau. Mais aucun des poissons qu'elle interrogea n'avait rien appris de pareil.

— On le saurait déjà, fit observer une carpe. Dans la rivière, les nouvelles vont vite. D'ailleurs, mon fils en aurait été averti dès hier soir. Vous pensez, il est toujours par creux et par gués.

Rassurée, Marinette rejoignit le troupeau qui arrivait sur les grands prés. Delphine s'inquiéta de la conversation qu'avait eue sa sœur avec la fermière. Celle-ci n'allait pas manquer, si elle rencontrait les parents, de leur parler de la Cornette.

— C'est vrai, convint Marinette. Je n'y ai pas pensé.

Jusqu'à la fin de la matinée, les petites voulurent espérer qu'après une nuit passée à la belle étoile, et sa rancune apaisée, la Cornette leur reviendrait. Mais le temps passait sans qu'on vît rien venir. Les vaches prenaient part à l'anxiété des deux bergères et, très peinées, ne pensaient plus guère à brouter. A midi, tout espoir de retour était perdu. Ayant déjeuné rapidement, les petites décidaient d'aller explorer la forêt voisine. Elles voulaient croire que la Cornette n'avait pas été volée, mais qu'ayant cherché une cachette dans les bois, elle s'y était égarée.

— Vous allez rester sur les prés, dit Delphine aux vaches. On aurait pu vous laisser le chien, mais il rendra plus de services en nous accompagnant dans les bois. Promettez-nous d'être raisonnables. N'allez pas dans les trèfles et attendez notre retour pour aller boire à la rivière.

— Soyez tranquilles, promirent les vaches. Vous pouvez compter sur nous. On ne nous verra ni dans les trèfles, ni à la rivière. Vous avez bien assez de soucis comme ça sans qu'on aille vous en causer d'autres.

Ayant passé la rivière, les petites s'engagèrent dans la forêt où elles firent un long chemin. Le chien courait par les sentiers en tous sens, battant les buissons et les taillis. Mais on eut beau chercher et appeler la Cornette à tous les échos, ce fut peine perdue. On interrogea les habitants de la forêt, lapins, écureuils, chevreuils, geais, corbeaux, pies et nul d'entre eux n'avait connaissance qu'une vache se fût égarée dans les bois. Un corbeau eut même l'obligeance

d'aller prendre des renseignements jusqu'à l'autre bout de la forêt et là non plus, personne n'avait entendu parler d'une vache égarée. On ne pouvait que perdre son temps à poursuivre les recherches. La Cornette était ailleurs.

Un peu découragées, Delphine et Marinette revinrent sur leurs pas. Il n'était pas loin de quatre heures après-midi et il y avait bien peu de chances que la Cornette se retrouvât avant la fin de la journée.

— Il va falloir recommencer ce soir, soupirait le chien. C'est bien rare si je m'en tire sans recevoir encore deux ou trois coups de sabot.

Aux grands prés, une mauvaise surprise attendait les voyageurs. Les vaches n'étaient plus là. Le troupeau tout entier avait disparu et rien n'indiquait ou ne laissait soupçonner la direction qu'il avait prise. A ce nouveau coup, les petites se mirent à pleurer, et le chien, à qui l'avenir apparaissait sous la forme d'une interminable file de paires de sabots, ne put retenir ses larmes. Comme il n'y avait rien d'utile à faire sur le pré, on décida de regagner la maison.

Les bohémiens n'étaient plus auprès de la roulotte et la chose parut un peu suspecte. Interrogée, la fermière ne put fournir aucun renseignement sur la direction qu'avaient prise les vaches, mais elle laissa entendre que les bohémiens ne l'ignoraient pas. Elle se plaignit d'avoir perdu un poulet qui n'était pas rentré la veille et ajouta qu'il n'était peut-être pas bien loin, à moins qu'il ne fût déjà mangé.

Les parents n'étaient pas encore rentrés à la maison. A l'entrée de la cour, le canard, le chat, le coq, les poules, les oies et le cochon guettaient l'arrivée des petites pour avoir des nouvelles de la Cornette et furent bien étonnés de les voir apparaître seules avec le chien. La nouvelle de la disparition des vaches les mit en effervescence. Les oies se lamentaient, les poules couraient en tous sens, le cochon criait comme si on l'eût écorché et, par sympathie pour le chien dont le découragement faisait pitié, le coq s'était mis à aboyer. Le chat, qui se mordait les lèvres pour dissimuler son émotion, avala sa moustache et manqua s'étrangler. Les petites, au milieu de cette compassion bruyante, s'étaient remises à pleurer et leurs sanglots ajoutaient au tumulte. Le canard, seul, était resté calme. Il en avait vu bien d'autres.

— Rien ne sert de gémir, dit-il après avoir réclamé le silence. Si, comme hier soir, il fait nuit quand les parents rentreront, tout peut encore s'arranger, mais il nous faut, sans perdre de temps, nous préparer à les accueillir.

Il donna à chacun des instructions précises et s'assura ensuite qu'il avait été compris. Le cochon l'écoutait avec impatience et à chaque instant essayait de l'interrompre.

— Tout ça est très joli, dit-il enfin, mais il y a autre chose de plus important.

— Et quoi donc, s'il te plaît ?

— C'est de retrouver les vaches.

— Bien sûr, soupirèrent Delphine et Marinette, mais comment faire ?

— Je m'en charge, déclara le cochon. Vous pouvez avoir confiance en moi. Demain avant midi, j'aurai retrouvé les vaches.

Quelques semaines auparavant, le cochon avait fréquenté un chien policier don tles maîtres étaient en vacances dans le village. Depuis qu'il avait entendu le récit des aventures du policier, il ne rêvait plus qu'à réaliser de semblables exploits.

— Demain, à l'aube, je me mets en campagne. Je crois que je tiens une bonne piste. Tout ce que je vous demanderai, vous, les petites, c'est de me procurer une fausse barbe.

— Une fausse barbe ?

— Pour ne pas qu'on me reconnaisse. Avec une fausse barbe, je passe inaperçu n'importe où.

Les espoirs du canard ne furent pas déçus. En effet, il faisait nuit lorsque les parents arrivèrent. Après quelques minutes de conversation avec les petites, ils passèrent dans l'étable où l'obscurité était complète.

— Bonsoir, les vaches. La journée s'est bien passée ?

Et le coq, les oies, le chat et le cochon, qui occupaient chacun la place d'une vache, répondirent en enflant la voix :

— On ne peut mieux, parents. Un temps clair, une herbe tendre, une compagnie agréable, que peut-on demander de mieux ?

— En effet. Voilà une belle journée.

Les parents s'adressèrent ensuite à une vache dont la place était tenue par le chat.

— Et toi, la Rouge ? Ce matin, tu avais moins belle mine que d'habitude. As-tu bien mangé aujourd'hui ?

— Miaou, répondit le chat qui était sans doute un peu distrait ou ému.

Delphine et Marinette, qui se tenaient sur le seuil de la porte, se mirent à trembler, mais le chat reprit aussitôt :

— Encore cet imbécile de chat qui vient rôder sous mes pieds, mais si je lui ai marché sur la queue, c'est bien fait pour lui. Vous me demandez si j'ai bien mangé ? Ah ! parents ! J'ai mangé comme jamais de ma vie, si bien que ce soir mon ventre traîne presque par terre.

Les parents étaient tout réjouis de cette réponse et ils eurent envie de palper une panse aussi bien nourrie. Un peu plus, tout était perdu. Heureusement, le chien les appela du fond de l'étable et ils se dirigèrent aussitôt de son côté.

Brave petite Cornette. Mais comment va ton mal de tête de ce matin ?

— Je vous remercie, parents, je me sens vraiment mieux. Mais vous pouvez croire que, ce matin, j'ai été bien peinée de partir sans vous avoir dit au revoir. J'en suis restée triste toute la journée.

— Ah ! la bonne petite bête que nous avons là, dirent les parents. Ça vous réchauffe le cœur.

Et en effet, leur cœur était si débordant de tendresse qu'ils voulurent embrasser la Cornette ou au moins lui appliquer sur les flancs quelques claques d'amitié. Mais avant qu'ils eussent seulement posé le pied sur la litière de paille, le bruit d'une querelle les attira à l'autre bout de l'étable.

— Je lui casserai les reins, criait le chat avec sa voix de vache. Je lui arracherai poil et moustache, à ce gringalet !

— Prends garde, poursuivait-il avec sa voix de chat. Tout gringalet que je suis, je me charge de t'apprendre les belles manières.

Comme les parents demandaient ce qui se passait, le cochon expliqua :

— C'est le chat qui vient encore se fourrer dans les pattes du chat. Je veux dire, c'est la vache... non, le chat...

— C'est bon ! firent les parents. On a compris. Le chat n'a rien à faire ici. Va-t'en, chat.

En quittant l'étable, ils se ravisèrent et, tournant la tête, demandèrent :

— A propos, Cornette, il n'y a pas eu aujourd'hui de nouveau scandale aux grands prés ? Ne nous cache rien.

Ma foi, non, parents, Je ne vois rien à vous signaler. Je tiens même à vous dire que le chien s'est très bien conduit.

— Ah ! ah ! c'est bien surprenant.

— Jamais je ne l'avais vu aussi sage, aussi tranquille. A croire qu'il a dormi du matin au soir.

— Dormi ? En voilà d'une autre ! Est-ce qu'il se figure, ce fainéant, qu'on le nourrit à dormir et à ne rien faire ? Il va avoir de nos nouvelles.

— Ecoutez, parents, il faut être juste...

— C'est bien pourquoi il va recevoir la correction qu'il mérite.

48

Quand les parents arrivèrent dans la cuisine, le chien était couché sous le fourneau. Ils lui dirent : « Arrive ici, toi, fainéant. » Comme la veille, les petites s'endormirent et comme la veille, le chien s'en tira avec un double coup de sabot dans l'arrière-train.

Le lendemain matin, les choses se passèrent très bien et très simplement. Les parents, pour se lever, avaient l'habitude de se régler avec le chant du coq. Ce matin-là, par ordre du canard, le coq ne chanta pas et les parents, derrière leurs persiennes closes, restèrent endormis. S'étant habillées en silence, les petites vinrent à la cuisine prendre leur panier à provisions et s'éloignèrent comme elles étaient venues, sur la pointe des pieds. Le cochon, qui ne tenait pas en place, les attendait dans la cour.

— Est-ce que vous avez pensé à ma fausse barbe ? leur demanda-t-il à voix basse.

Elles lui ajustèrent une barbe de maïs, très bien fournie, blonde avec des reflets roux, et qui lui montait jusqu'aux yeux. Il exultait :

— Vous m'attendrez aux grands prés, dit-il, et avant midi, je vous ramènerai le troupeau mort ou vif.

— Il vaudrait mieux vif, fit observer une oie.

— Naturellement, mais les faits sont les faits et je n'y peux rien. Du reste, si mes déductions sont exactes, nos vaches doivent être encore en vie.

Le cochon laissa partir les petites et le chien. Cinq minutes plus tard, il se mettait lui-même en route Il allait lentement, en se donnant des airs de flâner pour ne pas attirer l'attention.

Il était huit heures du matin lorsque les parents s'éveillèrent. Ils n'en croyaient pas leurs yeux.

— J'ai eu beau m'égosiller pendant trois quarts d'heure, dit le coq, je n'ai pas réussi à vous tirer du lit. A la fin, j'y ai renoncé.

— Les petites n'ont pas osé vous réveiller, dit le canard. Elles ont emmené les vaches comme d'habitude et tout s'est bien passé. Pendant que j'y pense, la Cornette m'a chargé de vous dire qu'elle n'a plus mal à la tête.

Les parents qui, de leur vie, ne s'étaient levés aussi tard, furent si troublés qu'ils se crurent malades et n'allèrent pas aux champs ce jour-là.

Vers dix heures du matin, après avoir rôdé dans le village, le cochon, par des chemins détournés, rejoignit les petites aux grands prés. En le voyant arriver, la tête haute et la barbe en éventail, le cœur leur battit.

— Tu les as retrouvées ?

— Naturellement. C'est-à-dire que je sais où elles sont.

— Où sont-elles ?

— Minute, fit le cochon. Vous êtes bien pressées. Laissez-moi au moins m'asseoir. Je n'en peux plus.

Il s'assit sur l'herbe en face des petites et du chien et dit en se passant la patte dans la barbe :

— Au premier abord, l'affaire paraît compliquée et quand on veut bien réfléchir un peu, elle est extrêmement simple. Suivez bien mon raisonnement. Puisque les vaches ont été volées, elles n'ont pu l'être que par des voleurs.

— En effet, accordèrent les petites.

— D'autre part, c'est une chose bien connue que des voleurs sont des gens mal habillés.

— C'est la pure vérité, dit le chien.

— Ceci nous amène à poser la question suivante : quels sont les gens les plus mal habillés du village ? Essayez de trouver.

Les petites crièrent plusieurs noms, mais le cochon secouait la tête avec un sourire malin.

Vous n'y êtes pas !

— Vous n'y êtes pas, dit-il enfin. Les gens les plus mal habillés du pays, ce sont ces bohémiens qui campent depuis deux jours sur le bord de la route. Donc, ce sont eux qui ont volé nos vaches.

— Je l'avais toujours pensé ! s'écrièrent en même temps les deux bergères et le chien.

— Oui, bien sûr, fit le cochon. Maintenant, il vous semble avoir découvert vous-mêmes la vérité. Bientôt, vous aurez oublié qu'elle vous a été imposée par la clarté de mon raisonnement. Le monde est ingrat. Il faut bien s'y résigner.

Il eut un accès de mélancolie, mais on lui fit tant de compliments qu'il retrouva bientôt sa belle humeur.

— A présent, il me reste à aller trouver les voleurs et à en tirer des aveux complets. Pour moi, ce n'est plus qu'un jeu.

— Je peux t'accompagner, offrit le chien.

— Non, c'est une affaire trop délicate. Ta présence risquerait de tout gâter. Du reste, j'opère seul.

Il renouvela sa promesse de ramener le troupeau avant midi et, quittant les grands prés, disparut aux regards des petites. Lorsqu'il arriva auprès des bohémiens, ceux-ci étaient assis en rond et tressaient des paniers. En vérité, ils étaient très mal habillés et leurs

guenilles les couvraient à peine. A quelques pas de la roulotte broutait un vieux cheval tout aussi misérable que ses maîtres si l'on considérait sa maigreur. Le cochon s'avança sans hésiter et dit d'une voix joviale ·

— Bonjour la compagnie !

Les bohémiens toisèrent le nouveau venu et l'un d'eux, avec un air distant, répondit seul à son salut.

— Tout le monde va bien chez vous ? demanda le cochon.

— Ça va, répondit l'homme.

— Les enfants vont bien ?

— Ça va.

— La grand-mère aussi ?

— Ça va.

— Le cheval aussi ?

— Ça va.

— Les vaches aussi ?

— Ça va.

L'homme, qui avait répondu sans y penser, se reprit aussitôt.

— Pour ce qui est des vaches, dit-il, elles ne

risquent pas de tomber malades. Nous n'en avons point.

— Trop tard ! triompha le cochon. Vous avez avoué. C'est vous qui avez pris les vaches.

— Qu'est-ce que c'est que cette histoire-là ? fit l'homme en fronçant le sourcil.

— Suffit, répliqua le cochon. Rendez-moi les vaches que vous avez volées, sinon...

Il n'eut pas le temps d'en dire plus long. Les bohémiens s'étaient levés et lui administraient une correction qui mit sa barbe fort mal en point. Ses menaces et son indignation ne faisaient qu'accroître leur ardeur. Il réussit enfin à leur échapper et, tout endolori, semant sur son chemin les poils de sa barbe, alla se réfugier dans la cour de la ferme voisine où les fermiers lui firent bon accueil. Il était deux heures de l'après-midi et, aux grands prés, les petites se morfondaient à attendre le cochon lorsqu'elles virent arriver le canard qui venait aux nouvelles. Il goûta beaucoup les raisons qui avaient conduit le cochon à soupçonner les romanichels.

— Il faut toujours juger les gens sur la mine, dit-il. Le tout est de ne pas se tromper. Pour notre ami, je suppose qu'il n'est pas bien loin. A l'heure qu'il est, il doit se trouver en compagnie de la Cornette et des autres vaches. Allons les chercher.

Les petites, accompagnées du canard et du chien, se rendirent à la roulotte où elles ne virent personne, car les bohémiens étaient allés dans le village vendre les paniers fabriqués le matin. Le canard ne s'inquiéta même pas de cette absence. La tête baissée, il semblait examiner les cailloux du chemin.

— Voyez donc, dit-il, ces grands poils jaunes semés de distance en distance. Le cochon n'aurait pas mieux fait s'il avait voulu jouer au petit poucet avec sa barbe. Tous ces poils nous conduiront bien quelque part.

En suivant le chemin jalonné par les poils de la barbe, les quatre compagnons arrivèrent bientôt dans la cour de la ferme voisine. Les fermiers s'y trouvaient justement.

— Bonjour, dit le canard. A ce que je vois, vous êtes toujours aussi laids. Comment se fait-il qu'avec d'aussi vilaines bobines, vous ne soyez pas encore en prison ?

Tandis que les fermiers se regardaient avec ébahissement, le canard se tourna vers Delphine et Marinette :

— Petites, leur dit-il, allez ouvrir la porte de l'étable et entrez tranquillement. Vous trouverez là des personnes de connaissance qui ne seront pas fâchées de prendre un peu l'air.

Déjà les fermiers se précipitaient pour défendre la porte de l'étable, mais le canard les avertit :

— Si vous bougez seulement le petit doigt, je vous fais dévorer par mon vieil ami.

Pendant que le chien tenait les fermiers en respect, les petites entraient dans l'étable d'où elles ressortaient bientôt en poussant devant elles le cochon et le troupeau de vaches. La Cornette, qui cherchait à se dissimuler parmi ses compagnes, ne paraissait pas fière. Les fermiers baissaient piteusement la tête.

— Vous avez l'air d'aimer beaucoup les bêtes, dit le canard.

— C'était pour rire, assura la fermière. Avant-hier, la Cornette est venue me demander de l'héberger pendant deux ou trois jours. C'était pour faire une farce aux petites.

— C'est faux, rectifia la Cornette. Je vous ai demandé de m'héberger pour une nuit seulement et le lendemain, vous m'avez retenue de force.

— Et les autres vaches ? demanda Delphine.

— J'avais peur que la Cornette s'ennuie. Alors, j'ai pensé à aller lui chercher de la compagnie.

— Elle est venue nous trouver aux grands prés, expliqua une vache. Elle nous a dit que la Cornette était malade et qu'elle nous réclamait. On l'a suivie sans méfiance.

— C'est comme moi, grommela le cochon. Tout à l'heure, quand elle m'a fait entrer dans l'étable, je ne me méfiais pas du tout.

Après avoir vertement admonesté les fermiers et prédit qu'ils finiraient leur vie en prison, le canard emmena tout son monde. Sur la route, il se sépara des petites qui conduisaient les vaches aux grands prés, et rentra à la maison en compagnie du cochon. Celui-ci songeait avec amertume à sa mésaventure et à la vanité des plus beaux raisonnements.

— Dis-moi, canard, demanda-t-il, comment as-tu deviné que les fermiers étaient les voleurs ?

— Ce matin, le fermier est passé sur la route, devant la maison. Comme les parents étaient dans la cour, il s'est arrêté un instant à parler avec eux et j'ai remarqué qu'il ne soufflait pas un mot de la disparition des vaches, quoiqu'il en ait été informé la veille par les petites.

— Comme il savait qu'elles n'avaient rien dit aux parents, il aurait pu se taire simplement pour ne pas les faire gronder.

— D'habitude, sa femme et lui, justement, ne manquent jamais une occasion de les faire gronder. Du reste, ils ont des têtes de voleurs.

— Ce n'était pas une preuve.

— C'en était une pour moi. A elle seule, elle m'aurait suffi. Mais tout à l'heure, quand les poils de la barbe m'ont eu conduit jusqu'au seuil de leur étable, je n'ai plus eu le moindre doute.

— Et pourtant, soupira le cochon, ils étaient mieux vêtus que les bohémiens.

Le soir, quand les petites ramenèrent les vaches à la maison, les parents se trouvaient dans la cour. La Cornette les aperçut de loin et, se détachant du troupeau, elle courut jusqu'à eux.

Tout est de la faute des petites.

— Je vais vous expliquer comment l'affaire s'est passée, dit-elle. Tout est de la faute des petites.

Elle entreprit un récit où il était question de son absence et de celle des autres vaches. Pour les parents qui croyaient se souvenir d'avoir parlé à leurs bêtes la veille au soir, ses paroles étaient incompréhensibles. Désavouée par les autres vaches et par le cochon, elle faillit s'étrangler de fureur.

— Depuis quelques semaines, fit observer le canard, cette pauvre Cornette perd complètement la tête. Son idée fixe est de faire punir les petites et le chien en racontant n'importe quoi.

— En effet, approuvèrent les parents, c'est ce qu'il nous avait semblé aussi.

Depuis ce jour-là, les parents n'accordent plus aucun crédit aux rapports de la Cornette. Elle en est si contrariée qu'elle a perdu l'appétit et n'a presque plus de lait. A l'heure qu'il est, il est question de la manger.

Le chien

Delphine et Marinette revenaient de faire des commissions pour leurs parents, et il leur restait un kilomètre de chemin. Il y avait dans leur cabas trois morceaux de savon, un pain de sucre, une fraise de veau, et pour quinze sous de clous de girofle. Elles le portaient chacune par une oreille et le balançaient en chantant une jolie chanson. A un tournant de la route, et comme elles en étaient à « Mironton, miron-ton, mirontaine », elles virent un gros chien ébouriffé, et qui marchait la tête basse. Il paraissait de mauvaise humeur ; sous ses babines retroussées luisaient des crocs pointus, et il avait une grande langue qui pendait par terre. Soudain, sa queue se balança d'un mouvement vif et il se mit à courir au bord de la route, mais si maladroitement qu'il alla donner de la tête contre un arbre. La surprise le fit reculer, et il

eut un grondement de colère. Les deux petites filles s'étaient arrêtées au milieu du chemin et se serraient l'une contre l'autre, au risque d'écraser la fraise de veau. Pourtant, Marinette chantait encore : « Mironton, mironton, mirontaine », mais d'une toute petite voix qui tremblait un peu.

— N'ayez pas peur, dit le chien, je ne suis pas méchant. Au contraire. Mais je suis bien ennuyé parce que je suis aveugle.

— Oh ! pauvre chien ! dirent les petites, on ne savait pas !

Le chien vint à elles en remuant la queue encore plus fort, puis leur lécha les jambes et renifla le panier d'un air amical.

— Voilà ce qui m'est arrivé, reprit-il, mais laissez-moi d'abord m'asseoir un moment, je suis fourbu, voyez-vous.

Les petites s'assirent en face de lui sur l'herbe du talus, et Delphine prit la précaution de placer le panier entre ses jambes.

— Ah ! qu'il fait bon se reposer, soupira le chien. Donc, pour en revenir à mon affaire, je vous dirai qu'avant d'être aveugle moi-même, j'étais déjà au service d'un homme aveugle. Hier encore, cette ficelle que vous voyez pendre à mon cou me servait à guider mon maître sur les routes, et je comprends mieux à présent combien j'ai pu lui être utile. Je le conduisais partout où les chemins sont les meilleurs et les mieux fleuris d'aubépine. Quand nous passions auprès d'une ferme, je lui disais : « Voilà une ferme. » Les fermiers lui donnaient un morceau de pain, me jetaient un os, et, à l'occasion, nous couchaient tous les deux dans un coin de leur grange. Souvent aussi, nous faisions de mauvaises rencontres et je le défendais.

Vous savez ce que c'est, les chiens bien nourris, et même les gens, n'aiment pas beaucoup ceux qui ont l'air pauvre. Mais moi, je prenais mon air méchant et ils nous laissaient aller. C'est que je n'ai pas l'air commode, quand je veux, tenez, regardez-moi un peu...

Il se mit à grogner en montrant les dents et en roulant de gros yeux. Les petites en étaient effrayées.

— Ne le faites plus, dit Marinette.

— C'était pour vous montrer, dit le chien. En somme, vous voyez que je rendais à mon maître bien des petits services, et je ne parle pas du plaisir qu'il prenait à m'écouter. Je ne suis qu'un chien, c'est entendu, mais parler fait toujours passer le temps...

— Vous parlez aussi bien qu'une personne, chien.

— Vous êtes bien aimable, dit le chien. Mon Dieu, que votre panier sent bon !... Voyons, qu'est-ce que je vous disais ?... Ah oui ! mon maître ! Je m'ingéniais à lui rendre la vie facile, et pourtant, il n'était jamais content. Pour un oui ou pour un non, il me donnait des coups de pied. Aussi, vous pouvez croire qu'avant-hier j'ai été bien surpris quand il s'est mis à me caresser et à me parler avec amitié. J'en étais boule-versé, vous savez. Il n'y a rien qui me fasse autant de plaisir que des caresses, je me sens tout heureux. Caressez-moi, pour voir...

Le chien allongea le cou, offrant sa grosse tête aux

deux petites qui lui caressèrent son poil ébouriffé. Et, en effet, sa queue se mit à frétiller, tandis qu'il faisait avec une petite voix : « Oua, oua, oua ! »

— Vous êtes bien bonnes de m'écouter, reprit-il,

OUA, OUA

mais il faut que j'en finisse avec mon histoire. Après m'avoir fait mille caresses mon maître me dit tout d'un coup : « Chien, veux-tu prendre mon mal et devenir aveugle à ma place ? » Je ne m'attendais pas à celle-là ! lui prendre son mal, il y avait de quoi faire hésiter le meilleur des amis. Vous penserez de moi ce que vous voudrez, mais je lui ai dit non.

— Tiens ! s'écrièrent les petites, mais bien sûr ! c'est ce qu'il fallait répondre.

— N'est-ce pas ? Ah ! je suis bien content que vous pensiez comme moi. J'avais tout de même un peu de remords de n'avoir pas accepté du premier coup.

— Du premier coup ? Est-ce que par hasard, chien...

— Attendez ! Hier, il s'est montré plus gentil encore que la veille. Il me caressait avec tant d'amitié que j'avais honte de mon refus. Enfin, quoi, autant vaut le dire tout de suite, j'ai fini par accepter. Ah ! Il m'avait bien juré que je serais un chien heureux, qu'il me guiderait sur les chemins comme j'avais fait pour lui, et qu'il saurait me défendre comme je l'avais défendu... Mais je ne lui avais pas plus tôt pris son mal qu'il m'abandonnait sans un mot d'adieu. Et, depuis hier soir, je suis tout seul dans la campagne, me cognant aux arbres, butant aux pierres de la route. Tout à l'heure, j'ai reniflé comme une odeur de veau, puis j'ai entendu deux petites filles qui chantaient, et j'ai pensé que peut-être, vous ne voudriez pas me chasser...

— Oh ! non, dirent les petites, vous avez bien fait de venir.

Le chien soupira et dit en humant le panier :

— J'ai bien faim aussi... N'est-ce pas un morceau de veau que vous portez là ?

— Oui, c'est une fraise de veau, dit Delphine. Mais vous comprenez, chien, c'est une commission que nous rapportons pour nos parents... Elle ne nous appartient pas...

— Alors, j'aime mieux n'y plus penser. C'est égal, elle doit être bien bonne. Mais dites-moi, petites, ne voulez-vous pas me conduire auprès de vos parents ? S'ils ne peuvent me garder auprès d'eux, du moins ne refuseront-ils pas de me donner un os ou même une assiettée de soupe, et de me coucher cette nuit.

Les petites ne demandaient pas mieux que de l'emmener avec elles ; même, elles souhaitaient de le garder toujours à la maison. Elles étaient seulement un peu inquiètes de l'accueil que lui feraient leurs parents. Il fallait aussi compter avec le chat qui avait beaucoup d'autorité dans la maison et qui verrait peut-être d'assez mauvais œil l'arrivée d'un chien.

— Venez, dit Delphine, nous ferons notre possible pour vous garder.

Comme ils se levaient tous les trois, les petites virent, sur la route, un brigand des environs, qui faisait son métier de guetter les enfants en commission pour leur prendre leurs paniers.

— C'est lui, dit Marinette, c'est l'homme qui prend les commissions.

— N'ayez pas peur, dit le chien, je m'en vais lui faire une tête qui lui ôtera l'envie de venir regarder dans votre panier.

L'homme avançait à grands pas et se frottait déjà les mains en songeant aux provisions qui gonflaient le panier des petites, mais quand il vit la tête du chien, et qu'il l'entendit gronder, il cessa de se frotter les mains. Il passa de l'autre côté du chemin et salua en soulevant son chapeau. Les petites avaient bien du mal à ne pas lui rire au nez.

— Vous voyez, dit le chien lorsque l'homme eut disparu, j'ai beau être aveugle, je sais encore me rendre utile.

Le chien était bien content. Il marchait auprès des deux petites qui le tenaient chacune à leur tour par sa ficelle.

— Comme je m'entendrais bien avec vous ! disait-il. Mais comment vous appelez-vous, petites ?

— Ma sœur, qui vous tient par la ficelle, s'appelle Marinette et c'est elle la plus blonde.

Le chien s'arrêta pour flairer Marinette.

— Bon, dit-il, Marinette. Oh ! je saurai la reconnaître, allez.

— Et ma sœur s'appelle Delphine, dit à son tour la plus blonde.

— Bon, Delphine, je ne l'oublierai pas non plus. A force de voyager avec mon ancien maître, j'ai connu bien des petites filles, mais je dois dire sincèrement qu'aucune d'elles ne portait d'aussi jolis noms que Delphine et Marinette.

Les petites ne purent pas s'empêcher de rougir, mais le chien ne pouvait pas le voir, et il leur faisait encore des compliments. Il disait qu'elles avaient aussi de très jolies voix et qu'elles devaient être bien raisonnables, pour que des parents leur aient confié une commission aussi importante que l'achat d'une fraise de veau.

— Je ne sais pas si c'est vous qui l'avez choisie, mais je vous assure qu'elle embaume...

Tout lui était prétexte à revenir à la fraise de veau, et il ne se lassait pas d'en parler. A chaque instant, il venait appuyer son nez contre le panier, et comme il était aveugle, il lui arriva plusieurs fois de se jeter dans les jambes de Marinette, au risque de la faire tomber.

— Ecoutez, chien, lui dit Delphine, il vaut mieux pour vous de ne plus penser à cette fraise de veau. Je vous assure que si elle m'appartenait, je vous la donnerais de bon cœur, mais vous voyez que je ne peux pas. Que diraient nos parents si nous ne rapportions pas la fraise de veau ?

— Bien sûr, ils vous gronderaient...

— Il nous faudrait dire aussi que vous l'avez mangée, et au lieu de vous donner à coucher, ils vous chasseraient.

— Et peut-être qu'ils vous battraient, ajouta Marinette.

— Vous avez raison, approuva le chien, mais ne croyez pas que ce soit la gourmandise qui me fasse parler de cette fraise de veau. Ce que j'en dis n'est pas du tout pour que vous me la donniez. D'ailleurs, la fraise de veau ne m'intéresse pas. Certes, c'est une excellente chose, mais je lui fais le reproche de n'avoir pas d'os. Quand on sert une fraise de veau sur la table, les maîtres mangent tout et il ne reste rien pour le chien.

Tout en parlant, les petites et le chien aveugle arrivaient à la maison des parents. Le premier qui les vit fut le chat. Il fit le gros dos, comme quand il

était en colère ; son poil se hérissa et sa queue balaya la poussière. Puis il courut à la cuisine et dit aux parents :

— Voilà les petites qui rentrent en tirant un chien au bout d'une ficelle. Je n'aime pas beaucoup ça, moi.

— Un chien ? dirent les parents. Par exemple !

Ils sortirent dans la cour et ils virent que le chat n'avait pas menti.

— Comment avez-vous trouvé ce chien ? demanda le père d'une voix irritée, et pourquoi l'avez-vous amené ici ?

— C'est un pauvre chien aveugle, dirent les petites. Il butait de la tête contre tous les arbres du chemin, et il paraissait malheureux...

— N'importe. Je vous ai défendu d'adresser la parole à des étrangers.

Alors le chien fit un pas en avant, salua d'un coup de tête et dit aux parents :

— Je vois bien qu'il n'y a pas de place dans votre maison pour un chien aveugle et, sans m'attarder davantage, je vais reprendre mon chemin. Mais avant de partir, laissez-moi vous complimenter d'avoir des enfants si sages et si obéissantes. Tout à l'heure, j'errais sur la route sans voir les petites, et j'ai reniflé une bonne odeur de fraise de veau. Comme j'étais à jeun depuis la veille, j'avais bien envie de la manger, mais elles m'ont défendu de toucher à leur panier. Pourtant, je devais avoir l'air méchant. Et savez-vous ce qu'elles m'ont dit ? « La fraise de veau est pour nos parents, et ce qui appartient à nos parents n'est pas pour les chiens. » Voilà ce qu'elles m'ont dit. Je ne sais pas si vous êtes comme moi, mais quand je rencontre deux fillettes aussi raisonnables, aussi obéissantes que les vôtres, je ne pense plus à ma faim et je me dis que leurs parents ont bien de la chance...

La mère souriait déjà aux deux petites et le père était tout fier des compliments du chien.

— Je n'ai pas à m'en plaindre, dit-il, ce sont de bonnes petites filles. Je ne les grondais tout à l'heure que pour les mettre en garde contre les mauvaises rencontres, et je suis même assez content qu'elles vous aient conduit jusqu'à la maison. Vous allez avoir une bonne soupe et vous pourrez vous reposer cette nuit. Mais comment se fait-il que vous soyez aveugle et que vous alliez ainsi seul par les chemins ?

Alors le chien conta encore une fois son aventure et comment, après avoir pris le mal de son maître, il avait été abandonné. Les parents l'écoutaient avec intérêt, et ne dissimulaient pas leur émotion.

— Vous êtes le meilleur des chiens, dit le père, et je ne puis que vous reprocher d'avoir été trop bon. Vous vous êtes montré si charitable que je veux faire quelque chose pour vous. Demeurez donc à la maison aussi longtemps qu'il vous plaira. Je vous construirai une belle niche et vous aurez chaque jour votre soupe, sans compter les os. Comme vous avez beaucoup voyagé, vous nous parlerez des pays que vous avez traversés et ce sera pour nous l'occasion de nous instruire un peu.

Les petites étaient rouges de plaisir, et chacun se félicitait de la décision du père. Le chat lui-même était tout attendri, et au lieu d'ébouriffer son poil et de grincer dans sa moustache, il regardait le chien avec amitié.

— Je suis bien heureux, soupira le chien. Je ne m'attendais pas à trouver une maison de si bon accueil, après avoir été abandonné...

— Vous avez eu un mauvais maître, dit le père.

Un méchant homme. un égoïste et un ingrat. Mais qu'il ne s'avise pas de passer jamais par ici, car je saurais lui faire honte de sa conduite et je le punirais comme il le mérite.

Le chien secoua la tête et dit en soupirant :

— Mon maître doit déjà se trouver bien puni à l'heure qu'il est. Je ne dis pas qu'il ait des remords de m'avoir abandonné, mais je connais son goût pour la paresse. Maintenant qu'il n'est plus aveugle et qu'il lui faut travailler pour gagner sa vie, je suis sûr qu'il regrette les beaux jours où il n'avait rien à faire que de se laisser guider par les chemins et d'attendre son pain de la charité des passants. Je vous avouerai même que je suis bien inquiet sur son sort, car je ne crois pas qu'il y ait au monde un homme plus paresseux.

Alors, le chat se mit à rire dans sa moustache. Il trouvait que le chien était bien bête de se faire tant de souci pour un maître qui l'avait abandonné. Les parents pensaient comme le chat et ne se gênaient pas pour le dire.

— Vraiment, son malheur ne l'aura pas instruit et il sera toujours le même !

Le chien était honteux et les écoutait en baissant l'oreille. Mais les petites le prirent par le cou et Marinette dit au chat en le regardant bien dans les yeux :

— C'est parce qu'il est bon ! et toi, chat, au lieu de rire dans ta moustache, tu ferais mieux d'être bon aussi.

— Et quand on joue avec toi, ajouta Delphine, de ne plus nous griffer pour nous faire mettre au coin par nos parents !

— Comme tu as fait encore hier soir !

Le chat était bien ennuyé, et maintenant, c'était lui qui avait honte. Il tourna le dos aux petites et s'en alla vers la maison en se dandinant d'un air maussade. Il grommelait qu'on n'était pas juste avec lui, qu'il griffait pour s'amuser ou encore sans le faire exprès, mais qu'en réalité, il était aussi bon que le chien et peut-être meilleur encore. Les petites trouvaient que la compagnie d'un chien est une chose bien agréable. Quand elles allaient en commission, elles lui disaient :

— Tu viens avec nous en commission, chien ?

— Oh oui ! répondait le chien, mettez-moi vite mon collier.

Delphine lui mettait son collier. Marinette le prenait par la ficelle (ou bien le contraire) et ils s'en allaient tous les trois en commission.

Sur la route, les petites lui disaient qu'il passait un troupeau de vaches dans la prairie, ou un nuage au ciel, et lui qui ne pouvait pas voir, il était content de savoir qu'il passait un troupeau ou un nuage. Mais elles ne savaient pas toujours lui dire ce qu'elles voyaient, et il leur posait des questions.

— Voyons, dites-moi de quelle couleur sont ces oiseaux et la forme de leur bec, au moins.

— Eh ! bien voilà : le plus gros a des plumes jaunes sur le dos, et ses ailes sont noires, et sa queue est noire et jaune...

— Alors, c'est un loriot. Vous allez l'entendre chanter...

Le loriot n'était pas toujours prêt à chanter et le chien, pour instruire les petites, essayait d'imiter sa chanson, mais il ne faisait rien qu'aboyer, et il était si drôle qu'on était obligé de s'arrêter pour en rire à son aise. D'autres fois, c'était un lièvre ou un renard qui passait à la lisière du bois ; alors, c'était le chien qui avertissait les petites. Il posait son nez par terre et disait en reniflant :

Je sens un lièvre... regardez par là-bas...

Ils riaient presque tout le long du chemin. Ils jouaient à qui des trois irait le plus vite en marchant à cloche-pied, et c'était toujours le chien qui gagnait, parce qu'il lui restait tout de même trois pattes.

— Ce n'est pas juste, disaient les petites, nous, on va sur une patte.

— Pardi ! répondait le chien, avec des grands pieds comme les vôtres, ce n'est pas difficile !

Le chat était toujours un peu peiné de voir le

chien s'en aller en commission avec les petites. Il avait tant d'amitié pour lui qu'il aurait voulu pouvoir ronronner entre ses pattes du matin au soir. Pendant que Delphine et Marinette étaient à l'école, ils ne se quittaient presque pas. Les jours de pluie, ils passaient leur temps dans la niche du chien, à bavarder ou à dormir l'un contre l'autre. Mais quand il faisait beau, le chien était toujours prêt à courir par les champs, et il disait à son ami :

— Gros paresseux de chat, lève-toi et viens te promener.

— Ronron, ronron, faisait le chat.

— Allons, viens. Tu me montreras le chemin.

— Ronron, ronron, faisait le chat (et c'était pour jouer).

— Tu voudrais me faire croire que tu dors, mais moi, je sais bien que tu ne dors pas. Oh ! je vois ce que tu veux... tiens !

Le chien se baissait, le chat s'asseyait sur son dos où il tenait à l'aise, puis ils partaient en promenade.

— Marche tout droit, disait le chat... Tourne à gauche... mais si tu es fatigué, tu sais, je peux descendre.

Mais le chien n'était presque jamais fatigué. Il disait que le chat ne pesait pas plus qu'un duvet de pigeon. Tout en se promenant par les champs et par les prés,

ils parlaient de la vie à la ferme, des petites et des parents. Bien qu'il lui arrivât encore de griffer Delphine ou Marinette, le chat était vraiment devenu bon. Il était toujours inquiet de savoir si son ami était content de son sort, s'il avait assez mangé ou assez dormi.

— Est-ce que tu es heureux à la ferme, chien ? lui demandait-il.

— Oh oui ! soupirait le chien. Je n'ai pas à me plaindre, tout le monde est gentil...

— Tu dis oui, mais je vois bien qu'il y a quelque chose.

— Mais non, je t'assure, protestait le chien.

— Est-ce que tu regrettes ton maître ?

— Non, chat, bien franchement... et même, je dois dire que je lui en veux un peu... On a beau être heureux et avoir de bons amis, on ne peut pas s'empêcher de regretter ses yeux...

— Bien sûr, soupirait le chat, bien sûr...

Un jour que les petites demandaient au chien s'il voulait aller en commission avec elles, le chat montra sa mauvaise humeur et leur dit qu'elles iraient bien seules et que la place d'un chien aveugle n'était pas sur les routes dans la compagnie de deux têtes folles. D'abord les petites ne firent qu'en rire, et Marinette offrit au chat de les accompagner. Il répondit d'un air pincé, en la regardant du haut en bas :

— Comme si moi, le chat, je pouvais aller en commission !

— Je croyais te faire plaisir, dit Marinette, mais puisque tu aimes mieux rester, à ton aise !

Voyant qu'il paraissait fâché, Delphine se baissa pour le caresser, mais il lui griffa la main jusqu'au sang. Marinette était en colère qu'il eût griffé sa sœur, et, se baissant à son tour, elle dit en lui tirant les moustaches :

— Je n'ai jamais vu d'aussi mauvaise bête que ce vieux chat !

— Tiens ! riposta le chat en lui donnant un coup de griffe, tu l'as bien mérité !

— Oh ! il m'a griffée aussi !

— Oui, je t'ai griffée, et je vais aller dire aux parents que tu m'as tiré les moustaches, pour qu'ils te mettent au coin.

Déjà il courait vers la maison, mais le chien, qui n'avait rien vu et qui en croyait à peine ses oreilles, lui parla sévèrement.

— Vraiment, chat, je ne te savais pas aussi méchant. Je suis obligé de reconnaître que les petites avaient raison et que tu es un mauvais chat. Ah ! je t'assure que je ne suis pas content... Laissons-le, petites, et partons en commission.

Le chat était si confus qu'il ne trouva rien à répondre et qu'il les laissa partir sans un mot de regret. Déjà sur la route, le chien tourna la tête et lui dit encore :

— Je ne suis pas content du tout.

Le chat restait planté sur ses quatre pattes au milieu de la cour, et il avait beaucoup de chagrin. Il voyait bien, maintenant, qu'il n'aurait pas dû griffer et qu'il s'était mal conduit. Mais ce qui le peinait surtout, c'était de penser que le chien ne l'aimait plus et qu'il le tenait pour un mauvais chat. Il en avait tant de peine qu'il alla au grenier passer le reste de la journée. « Je suis pourtant bon, se disait-il, et si j'ai griffé, c'est sans réfléchir. Je me repens de l'avoir fait, preuve que je suis bon. Mais comment lui faire comprendre que je suis bon ? » Le soir, quand il entendit rentrer les petites de commission, il n'osa pas descendre et resta dans son grenier. En mettant le nez à la lucarne, il vit le chien qui tournait en rond dans la cour et qui disait en reniflant :

— Je n'entends pas le chat, et je ne le sens pas non plus. Est-ce que vous le voyez, petites ?

— Oh ! non, répondit Marinette, et j'aime autant ne pas le voir. Il est trop méchant.

— C'est vrai, soupira le chien, on ne peut pas dire le contraire, après ce qu'il vous a fait tout à l'heure.

Le chat était très malheureux. Il eut envie de passer sa tête par la lucarne et de crier : « Ce n'est pas vrai ! Je suis bon ! » mais il n'osait rien dire, parce qu'il pensait qu'après tout, le chien n'était pas obligé de le croire. Il passa une très mauvaise nuit et ne put fermer l'œil. Le lendemain matin de bonne heure, il descendit du grenier, les yeux rouges et la moustache tombante, et s'en alla trouver le chien dans sa niche. Il s'assit en face de lui et dit d'une voix timide :

— Bonjour, chien... c'est moi, le chat...

— Bonjour, bonjour, grommela le chien avec un air un peu bourru.

— Est-ce que tu as passé une mauvaise nuit, chien ? Tu parais triste...

— Non, j'ai bien dormi... mais quand je m'éveille c'est toujours une mauvaise surprise pour moi de ne pas voir clair.

— Justement, dit le chat, je suis ennuyé que tu ne voies pas clair ; j'ai pensé que si tu voulais bien me donner ton mal, je pourrais devenir aveugle à ta place et faire pour toi ce que tu as fait pour ton maître.

D'abord, le chien ne put rien dire tant il était ému, et il avait envie de pleurer.

— Chat, comme tu es bon, balbutia-t-il, je ne veux pas... tu es trop bon...

Le chat était tout tremblant dans son poil de l'entendre parler ainsi. Il n'aurait jamais pensé qu'on pût avoir tant de plaisir à être bon.

— Allons, dit-il, je te prends ton mal.

— Non, non, protestait le chien, je ne peux pas...

Il se défendait, disant qu'il était presque habitué à ne plus voir clair et qu'il avait assez de ses amis pour le rendre heureux. Mais le chat ne voulait pas céder et lui répondait :

— Toi, chien, tu as besoin de tes yeux pour te rendre utile dans la maison. Mais à quoi me sert de voir clair ? Je te le demande. Je suis un paresseux qui ne me plais qu'à dormir au soleil ou au coin du feu. Ma parole, j'ai presque toujours les yeux fermés. Autant vaudrait pour moi être aveugle, je ne m'en apercevrais même pas.

Il parla si bien et montra tant de fermeté que le chien finit par se rendre à sa prière. L'échange se fit sans plus tarder, dans la niche même où ils se trouvaient. La première chose que fit le chien en revoyant la lumière du jour, fut de crier à tue-tête :

Le chat est bon !
le chat est bon !

Les petites sortirent dans la cour, et, en apprenant ce qui s'était passé, elles embrassèrent le chat en pleurant.

— Ah ! qu'il est bon ! disaient-elles. Qu'il est bon !

Et lui, le chat, il penchait la tête, heureux d'être

bon, et il ne voyait même pas qu'il ne voyait plus.

Depuis qu'il avait recouvré la vue, le chien était très occupé et ne trouvait jamais un moment pour se reposer dans sa niche, sinon à l'heure de midi et pendant la nuit. Le reste du temps, on l'envoyait garder le troupeau, ou bien il lui fallait accompagner ses maîtres par les chemins et par les bois, car il y avait toujours quelqu'un d'entre eux pour l'emmener en promenade. Il ne s'en plaignait pas, au contraire. Jamais il n'avait été aussi heureux, et quand il se rappelait le temps où il guidait son premier maître de village en village, il se félicitait de l'aventure qui l'avait amené à la ferme. Il regrettait seulement de n'avoir pas plus de temps à donner au chat qui s'était montré si bon. Le matin, il se levait de bonne heure et l'emmenait sur son dos faire un tour de campagne. Pour le chat, c'était le meilleur moment de la journée. Son ami lui parlait de ses occupations et ne manquait jamais de le remercier et aussi de le plaindre un peu. Le chat disait que ce n'était rien, que ça ne valait même pas la peine d'en parler, mais il songeait avec mélancolie qu'il était bien agréable de voir clair. Maintenant qu'il était aveugle, on ne s'occupait plus guère de lui. Les petites le prenaient bien encore sur leurs genoux pour le caresser, mais elles trouvaient plus amusant de courir et de gambader avec le chien, et il n'y avait point de jeu auquel on pût faire jouer un pauvre chat aveugle.

Pourtant, le chat ne regrettait rien. Il se disait que son ami le chien était heureux, et qu'il n'y avait rien de plus important. C'était un très bon chat. Dans la journée, quand il n'y avait personne pour lui parler, il dormait autant qu'il pouvait, au soleil ou au coin du feu, et il faisait :

Ronron... je suis bon... ronron... je suis bon

— Ronron... je suis bon... ronron... je suis bon.

Un matin d'été qu'il faisait très chaud, il s'était mis au frais sur la dernière marche de l'escalier qui descendait à la cave, et il ronronnait comme à l'habitude, lorsqu'il sentit quelque chose remuer contre son poil. Il n'avait pas besoin d'y voir pour se rendre compte qu'il s'agissait d'une souris et pour la saisir d'un coup de patte. Elle était si effrayée qu'elle ne chercha même pas à s'enfuir.

— Monsieur le chat, dit-elle, laissez-moi m'en aller. Je suis une toute petite souris, et je me suis égarée...

— Une petite souris ? dit le chat. Eh bien ! moi, je vais te manger.

— Monsieur le chat, si vous ne me mangez pas, je vous promets de vous obéir toujours.

— Non, j'aime mieux te manger... A moins...

— A moins, monsieur le chat ?

— Eh bien ! voilà : je suis aveugle. Si tu veux prendre mon mal et devenir aveugle à ma place, je te laisserai la vie sauve. Tu pourras te promener librement dans la cour, je te donnerai moi-même à manger. En somme, tu as tout avantage à être aveugle dans ces conditions-là. Pour toi qui trembles toujours de tomber entre mes griffes, ce sera la tranquillité.

La souris hésitait encore et comme elle s'en excusait auprès du chat, il répondit avec bonté :

— Réfléchis bien, petite souris, et ne te décide pas à la légère. Je ne suis pas si pressé que je ne puisse attendre quelques minutes, et ce que je veux d'abord, c'est que tu te prononces en toute liberté.

— Oui, dit la souris, mais si je dis non, vous me mangerez ?

— Bien entendu, petite souris, bien entendu.

— Alors, j'aime encore mieux devenir aveugle que d'être mangée.

En rentrant de l'école, à midi, Delphine et Marinette furent très étonnées de voir une petite souris qui se promenait dans la cour entre les pattes du chat.

Elles le furent bien davantage en apprenant que la souris était aveugle et que le chat ne l'était plus.

— C'est une bonne petite bête, dit le chat, elle a un cœur excellent, et je vous recommande d'en avoir bien soin.

— Sois tranquille, dirent les petites, elle ne manquera de rien. Nous lui donnerons à manger et nous lui ferons un lit pour la nuit.

Quand le chien arriva à son tour, il fut si heureux de la guérison de son ami, qu'il ne put cacher sa joie devant la souris.

— Le chat a été très bon, dit-il, et voyez ce qui arrive : il en est récompensé aujourd'hui !

— C'est vrai, disaient les petites, il a été bon...

— C'est vrai, murmurait le chat, j'ai été bon...

— Hum ! faisait la souris, hum ! hum !

Un dimanche qu'il somnolait dans sa niche à côté du chat, pendant que les petites promenaient la souris dans la cour, le chien se mit à renifler d'un air inquiet, puis il se leva en grondant et se dirigea vers le chemin où l'on entendait déjà le pas d'un homme. C'était un vagabond au visage maigre et aux vêtements déchirés qui se traînait avec fatigue. En passant près de la maison, il jeta un coup d'œil dans la cour et eut un mouvement de surprise en voyant le chien. Il s'approcha d'un pas décidé et murmura :

Chien, renifle-moi un peu... ne me reconnais-tu pas ?

— Si, dit le chien en baissant la tête. Vous êtes mon ancien maître.

— Je me suis mal conduit envers toi, chien... mais si tu savais quel remords j'ai eu, tu me pardonnerais sûrement...

— Je vous pardonne, mais allez-vous-en.

— Depuis que je vois clair, je suis un homme

bien malheureux. Je suis si paresseux que je ne peux pas me décider à travailler, et c'est à peine si je mange une fois par semaine. Autrefois, quand j'étais aveugle, je n'avais pas besoin de travailler. Les gens me donnaient à manger et à coucher, et ils me plaignaient... Te rappelles-tu ? Nous étions heureux... Si tu voulais, chien, je te reprendrais mon mal, je redeviendrais aveugle, et tu me conduirais encore sur les routes...

— Vous étiez peut-être heureux, répondit le chien, mais moi, je ne l'étais guère. Avez-vous oublié les coups dont vous récompensiez mon zèle et mon amitié ? Vous étiez un mauvais maître et je le comprends mieux depuis que j'en ai trouvé de meilleurs. Je ne vous garde pas rancune, mais n'attendez pas que je vous accompagne jamais sur les routes. D'ailleurs, vous ne pouvez pas reprendre mon mal, car je ne suis plus aveugle. Le chat, qui est très bon, a voulu le devenir à ma place, et ensuite...

Mais déjà l'homme ne l'écoutait plus et s'éloignait en le traitant de mauvaise bête ; il s'en alla trouver le chat qui ronronnait à l'entrée de la niche et lui dit en passant la main sur son poil :

— Pauvre vieux chat, tu es bien malheureux...

— Ronron, fit le chat.

— Je suis sûr que tu donnerais beaucoup pour voir clair. Mais si tu veux, je serai aveugle à ta place et, en échange, tu me conduiras sur les routes comme le chien faisait autrefois.

Le chat ouvrit ses yeux tout grands et répondit sans se déranger :

— Si j'étais encore aveugle, j'accepterais peut-être, mais je ne le suis plus depuis que la souris a bien voulu me prendre mon mal. C'est une bête qui est très bonne, et si vous voulez lui dire votre affaire, elle ne refusera pas de vous rendre un service. Tenez, la voilà qui dort sur une pierre où les petites viennent de la coucher après la promenade.

L'homme hésita un moment avant d'aller trouver la souris, mais il se sentait si paresseux, et la pensée qu'il lui fallait travailler pour gagner son pain lui fut si insupportable, qu'il finit par se décider. Il se pencha sur elle et lui dit doucement :

— Pauvre souris, tu es bien à plaindre...

— Oh ! oui, monsieur, dit la souris. Les petites sont gentilles, le chien aussi, mais je voudrais bien voir clair.

— Veux-tu que je devienne aveugle à ta place ?

— Oui, monsieur.

— En retour, tu me serviras de guide. Je te passerai une ficelle au cou et tu me conduiras sur les chemins.

— Ce n'est pas difficile, dit la souris, je vous conduirai où vous voudrez.

Les petites, rangées à l'entrée de la cour, à côté du chien et du chat, regardaient l'homme faire ses premiers pas d'aveugle sur la route, derrière la souris qu'il tenait attachée au bout d'une ficelle. Il allait lentement et avec beaucoup d'hésitation, car la souris était si petite que tout son effort tendait à peine la ficelle, et que le moindre mouvement de l'aveugle faisait tourner la pauvre bête sur elle-même, sans qu'il

s'en aperçût. Delphine, Marinette et le chat poussaient de grands soupirs d'inquiétude et de pitié. Le chien, lui, tremblait des quatre pattes en voyant l'homme buter aux pierres de la route et hésiter à chaque pas. Les petites le tenaient par le collier et lui caressaient la tête, mais il leur échappa brusquement et courut tout droit à l'aveugle.

— Chien ! crièrent les petites.

— Chien ! cria le chat.

il courait comme s'il n'eût rien entendu, et quand l'aveugle eut attaché la ficelle à son collier, il s'éloigna sans tourner la tête, pour ne pas voir les petites qui pleuraient avec son ami le chat.

Les boîtes de peinture

Un matin de vacances, Delphine et Marinette s'installèrent dans le pré, derrière la ferme, avec leurs boîtes de peinture.

Les boîtes étaient toutes neuves. C'était leur oncle Alfred qui les leur avait apportées la veille pour récompenser Marinette d'avoir sept ans, et les petites l'avaient remercié en lui chantant une chanson sur le printemps. L'oncle Alfred était reparti tout heureux et tout chantonnant, mais il s'en fallait que les parents eussent été aussi satisfaits. Ils n'avaient pas cessé de ronchonner pendant le reste de la soirée : « Je vous demande un peu. Des boîtes de peinture. A nos deux têtes folles. Pour faire du gâchis plein la cuisine et pour tacher tous leurs habits. Des boîtes de peinture. Est-ce qu'on fait de la peinture, nous ? En tout cas, pour demain matin, il n'est pas question de peinturlurer. Pendant que nous serons aux champs, vous cueillerez des haricots dans le jardin et vous irez couper du trèfle pour les lapins. » Le cœur serré, les petites avaient dû promettre de travailler sans même toucher à leurs boîtes de peinture. Le lendemain matin donc, après le départ des parents, elles allaient au jardin cueillir des haricots lorsqu'elles firent la rencontre du canard qui ne manqua pas de remarquer leurs mines consternées. C'était un canard qui avait beaucoup de cœur.

— Qu'est-ce que vous avez, petites ? demanda-t-il.

— Rien, répondirent les petites, mais Marinette renifla et Delphine renifla aussi. Et comme le canard les pressait amicalement, elles parlèrent des boîtes de peinture, des haricots à cueillir et du trèfle à couper. Cependant, le chien et le cochon, qui rôdaient alentour, s'étaient approchés pour les écouter et leur indignation ne fut pas moins vive que celle du canard.

— C'est révoltant, déclara celui-ci. Voilà des parents qui sont bien coupables. Mais ne craignez rien, petites, et allez peindre tranquillement. Je me charge, avec l'aide du chien, de cueillir vos haricots.

— N'est-ce pas, chien ?

— Bien sûr, fit le chien.

— Et pour le trèfle, dit le cochon, vous pouvez compter sur moi. Je vais vous en couper une belle provision.

Les petites étaient bien contentes. Sûres que les parents n'en sauraient rien et après avoir embrassé leurs trois amis, elles s'en allèrent sur le pré avec leurs boîtes de peinture. Comme elles emplissaient les godets d'eau claire, l'âne vint à elles du fond du pré.

— Bonjour, les petites. Qu'est-ce que vous faites avec ces boîtes ?

Marinette lui répondit qu'elles se préparaient à peindre et lui donna toutes les explications qu'il souhaita.

— Si tu veux, ajouta-t-elle, je vais faire ton portrait.

— Oh ! oui, je veux bien, dit l'âne. Nous, les bêtes, on n'a guère l'occasion de se voir tel qu'on est.

Marinette fit poser l'âne de profil et se mit à peindre. De son côté, Delphine entreprit le portrait d'une sauterelle qui se reposait sur un brin d'herbe. Appliquées, les petites travaillaient en silence, tirant la langue du côté où penchaient leurs têtes.

Au bout d'un moment, l'âne qui n'avait pas encore bougé, demanda :

— Je peux aller voir ?

— Attends, répondit Marinette, je suis en train de faire les oreilles.

— Ah! bon. Ne te presse pas. A propos des oreilles, je voudrais te dire. Elles sont longues, c'est entendu, mais tu sais, pas tellement.

— Oui, oui, sois tranquille, je fais juste ce qu'il faut.

Cependant, Delphine venait d'avoir une déception. Ayant peint la sauterelle et le brin d'herbe, elle s'était avisée que l'ensemble, au milieu de la grande feuille de papier blanc, manquait d'importance et elle avait entrepris de l'étoffer avec un fond de prairie. Par malheur, le pré et la sauterelle étaient d'une même couleur verte, en sorte que l'image de l'insecte se perdit dans la verdure et qu'il n'en resta plus rien. C'était ennuyeux.

Marinette ayant achevé son portrait, l'âne fut convié à le venir voir et s'empressa. Ce qu'il vit ne manqua pas de le surprendre.

— Comme on se connaît mal, dit-il avec un peu de mélancolie. Je n'aurais jamais cru que j'avais une tête de bouledogue.

Marinette rougit et l'âne poursuivit :

— C'est comme les oreilles, on m'a souvent répété que je les avais longues, mais au point où les voilà, je ne l'aurais pas pensé non plus.

Marinette, gênée, rougit encore plus fort. Il est vrai qu'à elles seules, les oreilles du portrait avaient presque autant d'importance que le corps. L'âne continuait à examiner la peinture d'un regard plutôt attristé. Tout à coup, il eut comme un sursaut et s'écria :

— Qu'est-ce que ça veut dire? mais on ne m'a fait que deux pattes !

Cette fois, Marinette se sentit plus à l'aise et répondit :

— Bien sûr, je ne te voyais que deux pattes. Je ne pouvais pas en faire plus.

— C'est très joli, mais enfin, j'ai quatre pattes, moi.

— Non, intervint Delphine. De profil, tu n'as que deux pattes.

L'âne ne protesta plus. Il était froissé.

— C'est bon, dit-il en s'éloignant, je n'ai que deux pattes.

— Voyons, réfléchis un peu...

— Non, non, j'ai deux pattes et n'en parlons plus.

Delphine se mit à rire et Marinette rit aussi, quoiqu'elle eût un peu de remords. Puis, oubliant l'âne, elles songèrent à trouver d'autres modèles. Vinrent à passer les deux bœufs de la maison, qui traversaient le pré pour aller boire à la rivière. C'étaient deux grands bœufs tout blancs, sans une tache.

— Bonjour, les petites. Qu'est-ce que vous faites avec ces boîtes ?

On leur expliqua ce qu'était de peindre et ils demandèrent qu'on voulût bien faire leurs portraits ;

mais instruite par l'aventure de la sauterelle, Delphine secoua la tête.

— Ce n'est pas possible. Vous êtes blancs, donc de la même couleur que le papier. On ne vous verrait pas. Blanc sur blanc, c'est comme si vous n'existiez pas.

Les bœufs se regardèrent et l'un d'eux prononça d'une voix pincée :

— Puisque nous n'existons pas, au revoir.

Les petites en restèrent tout interloquées. C'est alors qu'entendant derrière elle des éclats de voix, elles virent arriver le cheval et le coq qui étaient à se chamailler.

— Oui, monsieur, disait le coq d'une voix furieuse, plus utile que vous et plus intelligent aussi. Et n'ayez pas l'air de ricaner, s'il vous plaît, parce que moi, je pourrais bien vous flanquer une correction.

— Petit brimborion ! laissa tomber le cheval.

— Brimborion ! Mais vous n'êtes pas si grand que ça ! Je me charge de vous le faire voir un jour, moi.

Les petites voulurent s'interposer, mais elles eurent beaucoup de mal à faire taire le coq. Ce fut Delphine qui arrangea les choses en offrant aux deux adversaires de faire leurs portraits. Tandis que sa sœur faisait celui du coq, elle entreprit celui du cheval. Un instant, on put croire que la querelle était finie. Tout au plaisir de poser, la tête levée haut et la crête en arrière, le coq renflait son jabot et faisait bouffer ses plus belles plumes. Mais il ne put se tenir longtemps de pérorer.

— Ce doit être bien agréable de faire mon portrait, dit-il à Marinette. Tu as bien choisi ton modèle, toi. Ce n'est pas que je veuille me flatter, mais mes plumes ont vraiment des couleurs adorables.

Longuement, il vanta son plumage, sa crête, son panache, et ajouta en jetant un coup d'œil au cheval :

— Evidemment, je suis mieux fait pour être peint que certaines pauvres bêtes d'un poil triste et uni.

— Il convient aux bestioles d'être ainsi bariolées, dit le cheval. Cela leur permet de ne pas passer tout à fait inaperçues.

— Bestiole vous-même ! s'écria le coq en s'ébouriffant et il se répandit en injures et en menaces, de quoi le cheval ne fit que sourire. Cependant, les petites peignaient avec ardeur. Bientôt les deux modèles purent venir admirer leurs portraits. Le cheval parut assez satisfait du sien. Delphine lui avait fait une très belle crinière, hérissée et longue à merveille et qui semblait la dépouille d'un porc-épic, et aussi une queue bien fournie en gros crins dont plusieurs avaient la grosseur et la belle tenue d'un manche de pioche. Enfin, ayant posé de trois quarts, il avait la chance d'avoir ses quatre membres. Le coq n'était pas à plaindre non plus. Pourtant, il eut la mauvaise grâce de prétendre que son panache avait l'air d'un balai usagé. Le cheval, qui était alors occupé de son portrait, jeta un coup d'œil sur celui du coq et fit une découverte qui l'emplit aussitôt d'amertume.

— A ce que je vois, dit-il, le coq serait plus gros que moi ?

En effet, Delphine, peut-être déroutée par son essai avec la sauterelle, avait fait du cheval un portrait qui tenait à peine la moitié de la feuille de papier, tandis que l'image du coq, largement traitée par Marinette, emplissait toute la page.

— Le coq plus gros que moi, voilà qui est fort.

— Mais oui, plus gros que vous, mon cher, exulta le coq. Mais naturellement. D'où tombez-vous ? Moi, je n'ai pas attendu de voir nos deux portraits l'un à côté de l'autre pour m'en rendre compte.

— C'est pourtant vrai, dit Delphine en comparant les deux portraits, tu es plus petit que le coq. Je ne l'avais pas remarqué, mais c'est sans importance.

Elle comprit, mais trop tard, que le cheval était froissé. Il tourna le dos et comme elle le rappelait, il répliqua sèchement et sans même un regard en arrière :

— Mais oui. Entendu. Je suis plus petit que le coq et c'est sans importance.

Sourd aux explications des petites, il s'éloigna, suivi à distance par le coq qui ne se lassait pas de répéter : « Plus gros que vous ! Plus gros que vous ! »

Au retour des champs, à midi, les parents trouvèrent leurs filles à la cuisine et tout de suite leurs regards se portèrent sur les tabliers. Heureusement, les petites avaient pris garde à ne pas faire de taches de peinture à leurs vêtements. Interrogées sur l'emploi de leur temps, elles répondirent qu'elles avaient coupé un gros tas de trèfle pour les lapins et cueilli deux

pleins paniers de haricots. Les parents purent se rendre compte qu'elles disaient vrai et marquèrent, par de larges sourires, qu'ils étaient des plus satisfaits. S'ils s'étaient avisés de regarder les haricots d'un peu près, sans doute auraient-ils été surpris d'y trouver mêlés des poils de chien et des plumes de canard, mais l'idée ne leur en vint pas. On ne les vit jamais de si belle humeur que ce jour-là au repas de midi.

— Ah ! nous sommes bien contents, dirent-ils aux petites. Voilà une belle cueillette de haricots et nos lapins ont du trèfle à manger pour au moins trois jours : Puisque vous avez si bien travaillé...

Un gargouillement qui venait de dessous la table leur coupa la parole et en se penchant, ils découvrirent le chien qui avait l'air de s'étrangler.

— Qu'est-ce que tu as ?

— Ce n'est rien, dit le chien (la vérité est qu'il n'avait pu se tenir de rire et les petites en étaient tout effrayées), ce n'est rien du tout. J'aurai sûrement avalé de travers. Vous savez comment les choses arrivent. Bien souvent, on croit avaler droit...

— C'est bon, dirent les parents, pas tant de discours. Où en étions-nous ? Ah ! oui. Vous avez fait du bon travail.

Pour la deuxième fois, ils furent interrompus par un autre gargouillement, mais plus discret, qui semblait venir de l'entrée à laquelle ils tournaient le dos. C'était le canard qui avait passé la tête dans l'entrebâillement de la porte et qui, lui non plus, ne pouvait retenir son envie de rire. Si vite que les parents eussent tourné la tête, le canard avait disparu, mais les petites avaient eu chaud.

— Ce doit être un courant d'air qui aura fait grincer la porte, dit Delphine.

— C'est bien possible, firent les parents. Où en étions-nous ? Oui, le trèfle et les haricots. Nous sommes vraiment fiers de vous. C'est un plaisir d'avoir des petites si obéissantes et si travailleuses. Mais vous allez être récompensées. Vous pensez bien que notre intention n'a jamais été de vous priver de vos boîtes de peinture. Ce matin, nous avons voulu savoir si vous étiez des enfants assez sages pour ne penser qu'à vous rendre utiles. Nous voilà satisfaits. Donc, permission de peindre tout l'après-midi.

Les petites remercièrent avec de petites voix qui n'allaient pas seulement jusqu'au bout de la table. Les parents étaient si joyeux qu'ils n'y prirent pas garde et jusqu'à la fin du repas, ils ne firent que rire, chanter et jouer aux devinettes.

— Deux demoiselles qui courent après deux demoiselles sans jamais les rattraper. Qu'est-ce que c'est ?

Les petites faisaient semblant de chercher, car les souvenirs de la matinée et le remords qu'elles en avaient les empêchaient de s'y appliquer.

— Vous ne devinez pas ? C'est pourtant facile. Votre langue au chat ? Eh bien, voilà : ce sont les deux roues arrière d'une voiture qui courent après les deux roues de devant. Ha ! ha !

Et les parents riaient si fort qu'ils en étaient pliés en deux. Au sortir de table, pendant que les petites étaient à desservir, ils s'en allèrent à l'écurie pour détacher l'âne qui devait les accompagner aux champs

avec une charge de semences de pommes de terre.

— Allons, l'âne, il est l'heure du départ.

— Je regrette beaucoup, dit l'âne, mais je n'ai que deux pattes pour vous servir.

— Deux pattes ! Qu'est-ce que tu nous chantes ?

— Hé ! oui. Deux pattes. Même que j'ai bien du mal à me tenir debout. Je ne sais pas comment vous faites, vous, les gens.

Les parents s'approchèrent et, regardant l'âne de plus près, virent qu'il n'avait plus, en effet, que deux pattes, une devant et une derrière.

— Par exemple, voilà qui est curieux. Une bête qui avait pourtant ses quatre pattes ce matin encore. Hum ! Allons voir les bœufs.

L'écurie était sombre et, au premier coup, on y voyait assez mal.

— Eh bien, les bœufs ? firent les parents de loin. C'est donc vous qui viendrez aux champs avec nous ?

— Sûrement pas, répondirent deux voix de la pénombre. Nous en sommes bien fâchés pour vous, mais nous n'existons pas.

— Vous n'existez pas !

— Voyez plutôt.

En effet, s'étant approchés, les parents virent que le compartiment des bœufs était vide. A l'œil comme au toucher, on ne distinguait rien d'autre que deux paires de cornes qui flottaient dans les airs à la hauteur du râtelier.

— Mais qu'est-ce qui se passe donc, dans cette écurie ? C'est à devenir fou. Allons voir le cheval.

Celui-ci logeait tout au fond de l'écurie, là où il faisait le plus sombre.

— Eh bien, bon cheval, es-tu prêt à nous suivre aux champs ?

— A votre service, répondit le cheval, mais s'il s'agit de m'atteler à la voiture, j'aime autant vous avertir que je suis tout petit.

— Allons, bon. En voilà d'une autre. Tout petit !

En arrivant au fond de l'écurie, les parents eurent un cri de surprise. Dans la pénombre, sur la litière de paille claire, ils venaient d'apercevoir un minuscule cheval qui n'était guère plus gros, en tout, que la moitié d'un coq.

— Je suis mignon, n'est-ce pas ? leur dit-il, et c'était bien un peu pour les narguer.

— Quel malheur ! gémirent les parents. Une si belle bête et qui travaillait si bien. Mais comment la chose est-elle arrivée ?

— Je ne sais pas, répondit le cheval d'un air évasif qui donnait à penser. Je ne vois pas du tout.

Interrogés à leur tour, l'âne et les bœufs firent la même réponse. Les parents sentaient bien qu'on leur cachait quelque chose. Ils s'en furent à la cuisine et regardèrent un moment les petites avec un air soupçonneux. Quand il se passait à la ferme des choses qui sortaient un peu de l'ordinaire, leur premier mouvement était toujours de s'en prendre à elles.

— Allons, répondez, dirent-ils avec des voix qui étaient comme des rugissements d'ogres. Qu'est-ce qui s'est passé ce matin en notre absence ?

N'ayant pas la force de parler tant elles avaient peur, les petites firent signe qu'elles ne savaient pas. Cognant alors de leurs quatre poings sur la table, les parents hurlèrent :

— Répondrez-vous, à la fin, petites malheureuses ?

— Haricots, cueilli des haricots, réussit à murmurer Delphine.

— Coupé du trèfle, souffla Marinette.

— Et comment se fait-il que l'âne n'ait plus que deux pattes, que les bœufs n'existent pas, et que notre bon grand cheval ait à présent la taille d'un lapin de trois semaines ?

— Oui, comment se fait-il ? Allons, la vérité tout de suite.

Les petites, qui ne connaissaient pas encore la terrible nouvelle, en furent atterrées, mais elles comprenaient trop bien ce qui s'était passé : ce matin, elles avaient peint d'une si grande ardeur que leur façon

de voir s'était très vivement imposée à leurs modèles ;
c'est ce qui arrive assez souvent quand on peint pour
la première fois ; de leur côté, les bêtes avaient pris
les choses trop à cœur et, en rentrant à l'écurie,
blessées dans leur amour-propre, elles avaient si bien
ruminé les incidents du pré, que ceux-ci devaient
rapidement imprimer à la réalité une figure nouvelle.

Enfin, et les petites ne s'y trompaient pas, le fait
d'avoir désobéi à leurs parents était pour beaucoup
dans cette redoutable aventure. Elles étaient sur le
point de se jeter à genoux et de faire des aveux,
lorsqu'elles aperçurent le canard qui secouait la tête
dans l'entrebâillement de la porte en clignant de l'œil
à leur intention. Retrouvant un peu d'aplomb, elles
balbutièrent qu'elles ne comprenaient rien à ce qui
s'était passé.

— Vous faites vos têtes de bois, dirent les parents.
C'est bon, faites vos têtes de bois. Nous allons chercher
le vétérinaire.

Alors les petites se mirent à trembler. Ce vétérinaire était un homme extraordinairement habile. On pouvait être sûr qu'après avoir regardé les bêtes dans le blanc des yeux et palpé leurs membres et leur panse, il n'allait pas manquer de découvrir la vérité. Il semblait aux petites l'entendre déjà : « Tiens, tiens, dirait-il, j'aperçois en tout ceci comme une maladie de peinture ; quelqu'un aurait-il, par hasard, fait de la peinture ce matin ? » Il n'en faudrait pas davantage.

Les parents s'étant mis en route, Delphine expliqua au canard ce qui venait d'arriver et ce qu'il fallait craindre de la science du vétérinaire. Le canard fut vraiment très bien.

— Ne perdons pas de temps, dit-il. Prenez vos boîtes de peinture et allons lâcher les bêtes dans le pré. Ce que la peinture a fait, la peinture doit le défaire.

Les petites firent d'abord sortir l'âne et la chose n'alla pas toute seule, car il avait beaucoup de mal à marcher sur ses deux pattes sans perdre l'équilibre et il fallut, en arrivant, lui glisser un tabouret sous le ventre, faute de quoi il fût probablement tombé. Pour les bœufs, tout se fit plus simplement et il fut à peine besoin de les accompagner. Un homme qui passait à ce moment-là sur la route éprouva bien quelque surprise de voir, suspendues dans les airs, deux paires de cornes traverser la cour, mais il eut la sagesse de penser que sa vue baissait.

En sortant de l'écurie, le cheval eut d'abord quelque frayeur de se trouver nez à nez avec le chien qui lui parut un animal d'une grandeur monstrueuse, mais tout aussitôt il en rit.

— Comme tout est grand autour de moi, dit-il, et que c'est amusant d'être si petit !

Mais il n'allait pas tarder à changer de sentiment, car le coq l'ayant aperçu, pauvre petit cheval, se porta sur lui d'un élan furieux et lui dit dans les oreilles :

— Ah ! ah ! Monsieur, nous nous retrouvons. Vous n'avez pas oublié, j'espère, que je vous ai promis une correction.

Le petit cheval tremblait de tous ses membres. Le canard voulut s'interposer, mais en vain, et les petites ne furent pas plus heureuses.

— Laissez donc, dit le chien, je vais le manger.

Montrant les dents, il fonça sur le coq qui partit sans demander son reste et si loin s'encourut, malheureux coq, qu'on ne devait pas le revoir avant trois jours et la tête bien basse.

Lorsqu'il eut tout son monde sur le pré, le canard toussa pour s'éclaircir la voix et dit, s'adressant au cheval, à l'âne et aux bœufs :

— Mes chers vieux amis, vous n'imaginez pas combien je suis peiné de vous voir dans cette situation. Quelle tristesse de penser que ces magnifiques bœufs blancs, qui étaient tout le plaisir des yeux, ne sont plus rien maintenant ; que cet âne si gracieux dans ses évolutions se traîne misérablement sur deux pattes et que notre beau grand cheval n'est plus qu'une pauvre petite chose ratatinée. On en a le cœur serré, je vous assure, et d'autant plus que cette ridicule aventure est le résultat d'un simple malentendu. Mais oui, un malentendu. Les petites n'ont jamais eu l'intention de froisser personne, au contraire. Ce qui vous arrive leur cause autant de chagrin qu'à moi et je suis sûr que, de votre côté, vous êtes très ennuyés. Ne vous entêtez donc pas. Laissez-vous revenir gentiment à votre aspect habituel.

Mais les bêtes gardaient un silence hostile. Les yeux baissés, l'âne fixait son unique sabot de devant avec un air de rancune. Le cheval, bien que le cœur lui battît encore de frayeur, ne paraissait nullement disposé à entendre raison. Comme ils n'existaient pas, les bœufs n'avaient l'air de rien, mais leurs cornes, seules visibles et quoique dénuées de toute expression, gardaient une immobilité significative. L'âne parla le premier.

— J'ai deux pattes, dit-il d'une voix sèche. Eh bien, j'ai deux pattes. Il n'y a pas à y revenir.

— Nous n'existons pas, dirent les bœufs, nous n'y pouvons rien.

— Je suis tout petit, dit le cheval. C'est tant pis pour moi.

Les choses ne s'arrangeaient pas et il y eut d'abord un silence consterné. Mais le chien, fâché par ce mauvais vouloir, se tourna vers les petites en grondant :

— Vous êtes trop bonnes avec ces sales bêtes. Laissez-moi faire. Je m'en vais vous leur mordre un peu les jarrets.

— Nous mordre ? dit l'âne. Oh ! très bien. Si on le prend comme ça !

Sur quoi, il se mit à ricaner et les bœufs et le cheval aussi.

— Voyons, c'était pour rire, se hâta d'affirmer le canard. Le chien a simplement voulu plaisanter. Mais vous ne savez pas tout. Ecoutez. Les parents viennent d'aller chercher le vétérinaire. Dans moins d'une heure, il sera ici pour vous examiner et il n'aura pas de mal à comprendre ce qui s'est passé. Les parents avaient défendu aux petites de peindre ce matin. Tant pis pour elles. Puisque vous y tenez, elles seront grondées et punies, peut-être battues.

L'âne regarda Marinette, le cheval Delphine, et les cornes bougèrent dans l'espace, comme se tournant vers les petites.

— Bien sûr, murmura l'âne, qu'il fait meilleur aller sur quatre pattes que sur deux. C'est autrement confortable.

— N'être plus aux yeux du monde qu'une simple paire de cornes, c'est évidemment bien peu, convinrent les bœufs.

— Regarder le monde d'un peu haut, c'était tout de même bien agréable, soupira le cheval.

Profitant de cette détente, les petites ouvrirent leurs boîtes de peinture et se mirent au travail. Marinette peignit l'âne en prenant bien garde, cette fois, à lui faire quatre pattes. Delphine peignit le cheval, avec, à ses pieds, un coq réduit à de justes proportions. La besogne avançait rapidement. Le canard en était tout réjoui. Leurs portraits finis, les deux animaux affirmèrent qu'ils en étaient pleinement satisfaits. Toutefois, l'âne ne retrouva pas les deux pattes qui lui manquaient, pas plus que le cheval n'augmenta de volume. Ce fut pour tout le monde une vive déception et le canard eut un commencement d'inquiétude. Il demanda à l'âne s'il n'éprouvait pas au moins une démangeaison à l'endroit où manquaient les deux membres, et au cheval s'il ne se sentait pas un peu à l'étroit dans sa peau. Mais non, ils ne sentaient rien.

— Il faut le temps, dit le canard aux petites. Pendant que vous peindrez les bœufs, tout va s'arranger, j'en suis sûr.

Delphine et Marinette entreprirent chacune le portrait d'un bœuf en partant des cornes, et, pour le reste, s'en remettant à leur mémoire qui les servit assez fidèlement. Elles avaient choisi un papier gris sur lequel le blanc, qui était la couleur des bœufs, ressortait parfaitement. Les bœufs furent également très satisfaits de leurs portraits qu'ils trouvaient des plus ressemblants. Mais leur existence n'en resta pas moins réduite à leurs cornes. Et le cheval et l'âne ne sentaient toujours rien qui annonçât un retour à l'ordre normal. Le canard avait du mal à cacher son anxiété et plusieurs de ses belles plumes perdirent leur éclat.

— Attendons, dit-il, attendons.

Un quart d'heure passa et rien n'arriva. Avisant un pigeon qui picorait dans le pré, le canard alla lui parler. Pigeon s'envola et revint peu après se poser sur la corne d'un bœuf.

— J'ai vu une voiture au tournant du haut peuplier, dit-il. Dedans, il y ayait les parents avec un homme.

— Le vétérinaire ! s'écrièrent les petites.

En effet, ce ne pouvait être que lui, et sa voiture

ne tarderait guère. C'était l'affaire de quelques minutes. Voyant la frayeur des petites et songeant à la colère des parents, les bêtes étaient très malheureuses.

— Allons, dit le canard, faites encore un effort. Pensez que tout arrive par votre faute, parce que vous avez fait vos mauvaises têtes.

L'âne se secoua de son mieux pour faire revenir ses deux pattes, les bœufs se raidirent pour exister et le cheval avala un grand coup d'air pour se regonfler, mais rien n'y fit. Les pauvres bêtes en étaient toutes confuses. Bientôt, l'on entendit le bruit de la voiture roulant sur la route et l'on n'espéra plus rien. Les petites étaient devenues très pâles et tremblaient de peur dans l'attente du savant vétérinaire. L'âne en eut une si grande peine qu'il s'approcha de Marinette en boitillant de ses deux pattes et se mit à lui lécher les mains. Il voulut lui demander pardon et lui dire quelque chose de doux, mais, trop ému, la voix lui manqua et ses yeux s'emplirent de larmes qui tombèrent sur le portrait. C'étaient les larmes de

l'amitié. A peine furent-elles tombées sur le papier
que l'âne sentit une assez vive douleur dans tout
le côté droit et qu'il se retrouva d'aplomb sur ses
quatre membres. Ce fut pour tout le monde un grand

réconfort et les petites se reprirent à espérer. A vrai
dire, il était bien tard, la voiture ne se trouvant plus
maintenant qu'à cent mètres de la ferme. Mais le
canard avait compris. Saisissant dans son bec le
portrait du cheval, il le lui mit promptement sous le
nez et fut assez heureux pour y recevoir une larme.
Le résultat ne se fit pas attendre. On vit grossir le
cheval à vue d'œil et, le temps de compter jusqu'à dix,
il revenait à ses dimensions habituelles. La voiture
n'était plus alors qu'à trente mètres de la ferme.

Toujours un peu lents à s'émouvoir, les bœufs
commençaient à se recueillir sur leurs portraits. L'un
d'eux, ayant réussi à se tirer une larme, reprit corps
au moment précis où la voiture entrait dans la cour
de la ferme. Les petites faillirent battre des mains,
mais le canard restait soucieux. C'est qu'il y avait
encore un bœuf qui n'existait pas. Ce bœuf-là était plein
de bonne volonté, mais les larmes n'étaient pas son
fort et on ne l'avait jamais vu pleurer. Toute son
émotion et son désir de bien faire ne lui humectaient
pas seulement le coin des paupières.

Le temps pressait, car les voyageurs descendaient de voiture. Sur l'ordre du canard, le chien courut à leur rencontre afin de retarder leur arrivée et, en faisant fête au vétérinaire, il se mit si bien dans ses jambes qu'il eut la chance de le faire tomber à plat ventre dans la poussière. Les parents couraient aux

quatre coins de la cour à la recherche d'une trique qu'ils avaient juré de casser sur le dos du chien. Puis ils songèrent à relever le vétérinaire, et, quand ce fut fait, lui brossèrent ses vêtements. Le tout dura entre quatre et cinq minutes.

Pendant ce temps-là, sur le pré, tout le monde regardait avec angoisse vers les cornes du bœuf qui n'existait pas. Bien qu'il s'y appliquât de tout son cœur, le pauvre bœuf n'arrivait pas à pleurer.

— Je vous demande pardon, mais je sens bien que je ne pourrai pas, dit-il aux petites.

Il y eut un instant de découragement presque général. Le canard lui-même en perdait la tête. Seul, l'autre bœuf, celui qui venait de reprendre corps, gardait encore à peu près son sang-froid. L'idée lui vint de chanter à son compagnon une chanson qu'ils avaient chantée ensemble jadis, au temps où ils n'étaient encore que de jeunes veaux. Sa chanson commençait ainsi :

Un veau seulet
Buvant son lait
Meuh, meuh, meuh,
Vint une vachette
Qui broutait l'herbette,
Meuh, meuh, meuh.

C'était un air un peu languissant qui semblait devoir incliner à la mélancolie. En effet, dès le premier couplet, le résultat espéré commença de se faire sentir. Les cornes du bœuf qui n'existait pas eurent comme un frémissement. Ayant soupiré à plusieurs reprises, le pauvre animal finit par avoir une larme au coin de l'œil, mais si petite qu'elle ne put couler. Heureusement, Delphine la vit briller, et, la cueillant à la pointe de son pinceau, la déposa sur le portrait. Tout aussitôt, le bœuf se reprit à exister, devint visible et palpable. Il était grand temps. Encadrant le vétérinaire, les parents venaient d'apparaître au bout du pré. A la vue des bœufs, de l'âne bien planté sur ses quatre pattes et du cheval qui se redressait de toute sa haute taille, ils restèrent muets d'étonnement. Le vétérinaire, que sa chute à plat ventre avait mis de mauvaise humeur, demanda en ricanant :

— Eh bien, ce sont là les bœufs qui n'existent pas, l'âne qui a perdu deux pattes et le cheval devenu plus petit qu'un lapin ? Ils n'ont pas l'air de souffrir beaucoup de leurs petites misères, à ce que je vois.

— C'est à n'y rien comprendre, balbutièrent les parents. Tout à l'heure, dans l'écurie...

— Vous avez rêvé, ou bien vous veniez de faire un trop bon repas qui vous avait troublé la vue. Vous auriez mieux fait d'appeler le médecin, il me semble. En tout cas, je n'admets pas qu'on me dérange pour rien. Ah ! non, je ne l'admets pas.

Comme les pauvres parents baissaient la tête et s'excusaient de leur mieux, le vétérinaire se radoucit et ajouta en montrant Delphine et Marinette :

— Enfin, on vous pardonne pour cette fois, parce que vous avez deux jolies petites filles. Pas besoin de les regarder longtemps. On voit tout de suite qu'elles sont sages et obéissantes. — N'est-ce pas, petites ?

Les petites étaient toutes rouges et restaient bouche bée, sans oser souffler un mot, mais le canard répondit effrontément :

Oh ! oui, Monsieur. Il n'y a pas plus obéissantes

FIN

Les Boeufs

Delphine eut le prix d'excellence et Marinette le prix d'honneur. Le maître embrassa les deux sœurs en prenant bien garde de ne pas salir leurs belles robes, et le sous-préfet, venu tout exprès de la ville dans son uniforme brodé, prononça un discours.

— Mes chers enfants, dit-il, l'instruction est une bonne chose et ceux qui n'en ont pas sont bien à plaindre. Heureusement, vous n'êtes pas dans ce cas-là, vous. Par exemple, je vois ici deux petites filles en robes roses, qui ont une jolie couronne dorée sur leurs cheveux blonds. C'est parce qu'elles ont bien travaillé. Aujourd'hui, elles sont récompensées de leur peine, et voyez donc comme c'est agréable pour leurs parents : ils sont aussi fiers que leurs enfants. Ah ! ah ! Et tenez, moi qui vous parle, je ne voudrais pas avoir l'air de me vanter, mais enfin, si je n'avais pas toujours bien appris mes leçons, je n'aurais pas ma position de sous-préfet, ni l'habit d'argent que vous me voyez. Voilà pourquoi il faut bien s'appliquer à l'école, et faire comprendre aux ignorants et aux paresseux que l'instruction est indispensable.

Le sous-préfet s'inclina, les écolières chantèrent une petite chanson, et chacun rentra chez soi. En arrivant à la maison, Delphine et Marinette ôtèrent leurs belles robes pour mettre leurs tabliers de tous les jours, mais au lieu de jouer à la paume, ou à saute-mouton, ou à la poupée, ou au loup, ou à la marelle, ou à chat perché, elles se mirent à parler du discours du sous-préfet. Elles trouvaient qu'il était vraiment très bien, ce discours. Même, elles étaient ennuyées de n'avoir pas sous la main quelqu'un de tout à fait ignorant à qui faire comprendre les bienfaits de l'instruction. Delphine soupirait :

— Dire que nous avons deux mois de vacances, deux mois qui pourraient être si utilement employés. Mais quoi ? Il n'y a personne.

Dans l'étable de leurs parents, il y avait deux bœufs de la même taille et du même âge, l'un tacheté de roux, l'autre blanc et sans tache. Les bœufs sont

comme les souliers, ils vont presque toujours par deux. C'est pourquoi l'on dit « une paire de bœufs ». Marinette alla d'abord au bœuf roux, et lui dit en lui caressant le front :

— Bœuf, est-ce que tu ne veux pas apprendre à lire ?

D'abord, le grand bœuf roux ne répondit pas. Il croyait que c'était pour rire.

— L'instruction est une belle chose ! appuya Delphine. Il n'y a rien de plus agréable, tu verras, quand tu sauras lire.

Le grand roux rumina encore un moment avant de répondre, mais au fond, il avait déjà son opinion.

— Apprendre à lire, pour quoi faire ? Est-ce que la charrue en sera moins lourde à tirer ? Est-ce que j'aurai davantage à manger ? Certainement non. Je me fatiguerais donc sans résultat ! Merci bien, je ne suis pas si bête que vous croyez, petites. Non, je n'apprendrai pas à lire, ma foi non !

— Voyons, bœuf, protesta Delphine, tu ne parles pas raisonnablement, et tu ne penses pas à ce que tu perds. Réfléchis un peu.

— C'est tout réfléchi, mes belles, je refuse. Ah ! si encore il s'agissait d'apprendre à jouer, je ne dis pas.

Marinette, qui était un peu plus blonde que sa sœur, mais plus vive aussi, déclara que c'était tant pis pour lui, qu'on allait le laisser à son ignorance et qu'il resterait toute sa vie un mauvais bœuf.

— Ce n'est pas vrai, dit le grand roux, je ne suis pas un mauvais bœuf. J'ai toujours bien fait mon métier, et personne n'a rien à me reprocher. Vous me faites rire, toutes les deux, avec votre instruction. Comme si l'on ne pouvait pas vivre sans ça ! Remarquez bien que je n'en dis pas de mal, je prétends que ce n'est pas une chose pour les bœufs, voilà tout. La preuve, c'est qu'on n'a jamais vu un bœuf avoir de l'instruction.

— Ce n'est pas une preuve du tout, répliqua

Marinette. Si les bœufs ne savent rien, c'est qu'ils n'ont jamais rien appris.

— En tout cas, ce n'est pas moi qui m'y mettrai, vous pouvez être tranquilles.

Delphine essaya encore de lui faire entendre raison, mais ce fut peine perdue, il ne voulait pas comprendre. Les petites lui tournèrent le dos, peinées qu'il s'entêtât dans son indifférence et sa coupable paresse. Prié à son tour, le bœuf blanc parut touché de leur sollicitude. Il avait beaucoup d'affection pour elles et il ne voulait pas les attrister par un autre refus. D'autre part, il ne lui déplaisait pas de penser qu'il pourrait être plus tard un ruminant distingué. C'était un bon bœuf, un très bon bœuf, même ; doux, patient, laborieux, mais qui avait un peu d'orgueil et d'ambition. Cela se voyait à la façon hautaine dont il dressait les oreilles quand son maître, aux labours, lui faisait une observation. Mais tous les bœufs ont leurs défauts, il n'y en a point de parfaits, et celui-là, en dépit de quelques petits travers, était une excellente nature.

— Ecoutez, petites, leur dit-il, j'ai presque envie de vous répondre comme mon frère : à quoi me servira de savoir lire ? Mais je tiens à vous faire plaisir. Après tout, si l'instruction n'est pas utile à un bœuf, elle n'est pas une gêne non plus, et à l'occasion, elle pourra me distraire. Si la chose ne me donne pas trop de tintouin, je consens donc à essayer.

Les petites étaient bien contentes d'avoir trouvé un bœuf de bonne volonté et le félicitaient de son intelligence.

— Bœuf, je suis sûre que tu feras de très bonnes études, de brillantes études.

Et lui, à ces compliments, il rentrait sa tête dans ses épaules, plissant son col en accordéon, comme nous faisons, nous, quand nous voulons nous rengorger.

— En effet, murmurait-il, je crois bien que j'ai des dispositions.

Comme les petites quittaient l'étable pour aller chercher un alphabet, le grand roux leur demanda sérieusement :

— Dites-moi, petites, est-ce que vous n'avez pas envie d'apprendre à ruminer ?

— Apprendre à ruminer, dirent-elles en s'esclaffant, et pour quoi faire ?

— Vous avez raison, convint le grand roux, pour quoi faire ?

Delphine et Marinette, qui voulaient faire une surprise à leurs parents, décidèrent de garder le secret sur les études du bœuf blanc. Plus tard, quand il serait savant, elles auraient plaisir à voir l'étonnement de leur père.

Les débuts furent plus faciles que les petites n'avaient osé l'espérer. Le bœuf était vraiment très doué, et d'autre part, il avait beaucoup d'amour-propre. A cause des railleries du grand roux, il feignait de prendre un plaisir sans égal à épeler l'alphabet. En moins de quinze jours, il eut appris à lire ses lettres et même à les réciter par cœur. Les dimanches, les jours de pluie, et en général, tous les soirs au retour des champs, Delphine et Marinette lui donnaient des leçons en cachette de leurs parents. Le pauvre bœuf en avait de violents maux de tête, et il lui arrivait de se réveiller au milieu de la nuit en disant tout haut :

— B, A, ba, B, E, me, B, I, bi...

— Est-il bête avec ses B, A, ba, ronchonnait le grand roux. Il n'y a même plus moyen de dormir tranquillement, depuis que ces deux gamines lui ont donné des idées de grandeur. Si encore tu étais sûr de ne rien regretter plus tard...

— Tu n'imagineras jamais, ripostait le bœuf blanc, quel plaisir ce peut être de connaître les voyelles, les consonnes, de former des syllabes; enfin. Cela rend la vie bien agréable et je comprends à présent pourquoi l'on fait un si grand éloge de l'instruction. Je me sens déjà un autre bœuf qu'il y a trois semaines. Quel bonheur d'apprendre ! mais voilà, tout le monde ne peut pas, il faut des capacités.

Le voyant si heureux, le grand roux en venait parfois à se demander s'il avait été sage de s'obstiner dans son ignorance. Mais comme cette année-là, le fourrage avait un excellent goût de noisette, que la paille était douce et longue, il résistait facilement aux séductions de l'esprit.

Tout d'abord, Delphine et Marinette purent se féliciter de leur initiative. Le bœuf faisait des progrès surprenants. Au bout du mois, il commençait à savoir compter, il lisait presque couramment, et il avait même appris une petite poésie. Il devint si studieux qu'à l'étable il avait toujours dans son râtelier un livre ouvert dont il tournait les pages avec sa langue. C'était tantôt une arithmétique, tantôt une grammaire, ou encore une histoire, une géographie, un recueil de poèmes. Sa curiosité n'avait d'égale que son application et il s'intéressait à tout ce qui est imprimé.

— Comment ai-je pu vivre en ignorant toutes ces belles choses, murmurait-il à chaque instant.

Et qu'il fût aux champs, ou au vert, ou par les chemins, il ne se lassait pas de réfléchir à ses lectures. Il faut dire que c'était un bœuf de six ans et qu'à cet âge-là, les bœufs sont aussi raisonnables que peut l'être une personne d'entre vingt-cinq et trente. Malheureusement ses études le fatiguaient à cause de son trop grand zèle, et aussi parce que ce nouveau labeur venait en surcroît et ne lui épargnait pas celui des champs. Le pire était qu'à rêver sans cesse, il oubliait la moitié du temps de boire et de manger, si bien que les petites, voyant sa maigreur, ses yeux jaunes et ses traits tirés, furent prises d'inquiétude.

— Bœuf, lui dirent-elles, nous sommes très contentes

de ton travail. Voilà que tu en sais maintenant presque autant que nous et peut-être plus, si c'est possible. Tu as donc mérité de te reposer, et d'ailleurs, ta santé l'exige.

— Je me moque de ma santé et ne veux penser qu'à orner mon esprit.

— Voyons, bœuf, il faut être raisonnable. Si tu allais à l'école comme nous, tu verrais que le travail n'est pas toujours bon, et qu'il y a temps pour tout. La preuve en est que nous avons des récréations pour nous reposer, et même des vacances.

— Les vacances ? eh bien ! oui, tenez, parlons-en un peu des vacances ! ma parole, je ne suis pas fâché d'en parler, non !

Les petites, ne voyant pas bien où il voulait en venir, se donnaient mutuellement des coups de coude, comme pour se dire sans en avoir l'air : « Mais qu'est-ce qu'il a, hein ? qu'est-ce qui lui prend ? »

— Oh ! je vous vois bien, dit le bœuf, ce n'est pas la peine de vous donner des coups de coude. Je ne suis pas fou du tout, et je sais très bien ce que je dis. Vous me parlez de vacances, et ci et ça, et que je devrais me reposer. Bon. Et moi je vous réponds justement que je suis de votre avis. Parfaitement, des vacances, mais alors de vraies vacances qui me permettront de travailler selon mes goûts et mes aptitudes. Ah ! pouvoir consacrer son temps à lire les poètes, à connaître les travaux des savants... c'est la vie, cela !

— Il faut bien jouer aussi, dit Marinette.

— On ne peut pas discuter avec vous, soupira le bœuf, vous êtes des enfants.

Et il se replongea dans un chapitre de géographie, en faisant remuer sa queue pour témoigner aux petites que leur présence l'impatientait. Tout ce qu'on pouvait lui dire encore était inutile, il n'en ferait qu'à sa tête.

— Au moins, lui dit Marinette, puisque tu ne veux pas prendre de vacances, fais attention que personne ne te voie étudier. Quand je pense que tu as toujours un livre ouvert devant les yeux et que nos parents pourraient te surprendre...

On peut juger par cette recommandation que les deux blondes n'étaient plus très sûres d'avoir fait œuvre de sagesse. Et en effet, elles ne se vantaient à personne de leur entreprise.

Bien entendu, le maître n'avait pas été sans apercevoir un changement dans l'attitude du bœuf blanc. Un jour, sur la fin de l'après-midi, il eut la surprise de le voir, assis sur le pas de la porte de l'étable, qui paraissait contempler distraitement la campagne.

— Par exemple, dit-il, qu'est-ce que tu fais là, bœuf, et dans cette position assise ?

Et le bœuf, balançant la tête et fermant à demi les paupières, répondit d'une voix douce :

J'admire, assis sous un portail
Ce reste de jour dont s'éclaire
La dernière heure du travail...

Le maître ne savait pas, ou bien il l'avait oublié, que ce fussent là des vers de Victor Hugo, et il convint tout d'abord :

— Il parle bien, ce bœuf.

Mais il soupçonnait que ce beau langage dissimulait un mystère inquiétant, car il ajouta :

— Hum ! je ne sais pas ce qu'il a, mais depuis quelque temps, je trouve qu'il a des airs singuliers... tout à fait singuliers...

Il ne vit pas la confusion des petites qui rougissaient jusqu'aux cheveux en assistant à cette scène pénible. Mais elles rougirent bien davantage et les larmes leur vinrent aux yeux, lorsque le père s'écria :

— Allons ! ouste ! rentre dans ton étable ! je n'aime pas les bœufs qui font des manières, moi !

Le bœuf se leva en lui jetant un regard triste et courroucé, puis il regagna sa place auprès du grand roux. Bientôt, le travail qu'il fournissait aux champs se ressentit de ses occupations studieuses. Il avait la tête si pleine de beaux vers, de dates historiques, de chiffres et de maximes, qu'il écoutait distraitement les ordres donnés par son maître. Parfois même, il n'écoutait pas du tout, et l'attelage s'en allait de travers et jusqu'au bord du fossé, quand ce n'était pas en plein dedans.

— Fais donc attention, lui soufflait le grand roux en le poussant de l'épaule, tu vas encore nous faire gronder.

Le bœuf blanc avait alors un frémissement orgueilleux des oreilles, et s'il consentait à reprendre le droit chemin, c'était pour s'en écarter presque aussitôt.

Un matin de labour, il s'arrêta brusquement au milieu d'un sillon, sans que le maître l'eût commandé, et se mit à rêver tout haut. Voilà ce qu'il disait :

— Deux robinets coulent dans un récipient cylindrique de soixante-quinze centimètres de haut, et débitent ensemble vingt-cinq décimètres cubes à la minute. Sachant que l'un des deux robinets, s'il coulait seul, mettrait trente minutes à remplir le récipient, alors que l'autre mettrait trois fois moins de temps que s'ils coulaient tous les deux à la fois, calculer le volume du récipient, son diamètre, et au bout de combien de temps il sera plein... C'est intéressant... très intéressant...

— Qu'est-ce qu'il peut bien jargonner ? dit le maître.

— Voyons... je suppose que les deux robinets soient fermés... qu'est-ce qui se passe ?

— Enfin, explique-moi donc un peu ce que tu racontes...

Mais le bœuf était si profondément absorbé par la recherche de sa solution qu'il n'entendait rien et demeurait immobile en marmonnant des chiffres. De tout temps, les bœufs ont été loués pour leur parfaite égalité d'humeur, et l'on n'en a jamais vu s'entêter à rester sur place, comme font trop souvent les mulets et les ânes. Aussi le maître était-il fort surpris d'un pareil caprice. « Il faut que cette bête-là soit malade », songea-t-il. Lâchant les mancherons de la charrue, il passa en tête de l'attelage et interrogea d'une voix tout amicale :

— Tu parais souffrant. Voyons, dis-moi ce qui ne va pas, franchement.

Alors, le bœuf, frappant la terre de son sabot, répondit avec colère :

— C'est tout de même malheureux, mais il n'y a pas moyen de réfléchir en paix une minute ! On ne s'appartient pas ! On dirait que je n'ai pas d'autre affaire que leur charrue ! J'en ai par-dessus la tête de leur joug !

Le maître demeura interloqué à se demander si son bœuf avait bien toute sa raison. Le grand roux était très attristé par cet incident, bien qu'il ne laissât rien deviner de ses préoccupations. Il savait très bien à quoi attribuer cet accès de mauvaise humeur, mais c'était un bon camarade qui n'aurait pas voulu rapporter pour se faire bien voir du patron. Avec lui, on pouvait être tranquille. Enfin, le bœuf blanc se ressaisit et s'excusa d'une voix maussade.

— C'est bon, j'ai été distrait. N'en parlons plus et reprenons la besogne.

Ce jour-là, au repas de midi, les petites eurent une grande frayeur en entendant les paroles de leur père.

— Ce bœuf blanc devient impossible, disait-il, et ce matin encore j'ai cru devenir enragé à cause de ses sottises. Non seulement il fait son travail de travers, mais il répond comme le pire des effrontés, et je ne peux même pas lui faire une observation. Croyez-vous, hein ? S'il continue à se rendre insupportable, je vais me voir obligé de le vendre pour la boucherie...

— A la boucherie ? demanda Delphine. Pour quoi faire ?

— Tiens, cette idée ! pour le manger, tout simplement !

Delphine se mit à sangloter, et Marinette à protester.

— Manger le bœuf blanc ? dit-elle, mais c'est que moi je ne veux pas.

— Ni moi, dit Delphine. On ne mange pas un bœuf parce qu'il est de mauvaise humeur ou parce qu'il est triste.

— Il faudrait peut-être le consoler ?

— Bien sûr ! En tout cas, on n'a pas le droit de le manger !

— Et on ne le mangera pas !

Les petites, voyant clairement le péril où elles avaient engagé leur ami, se démenaient comme des diablotins, criant, tapant du pied et sanglotant, si bien que le père s'écria d'une voix courroucée :

— Taisez-vous, deux péronnelles que vous êtes ! ces choses-là ne regardent pas des gamines. Un bœuf qui fait sa mauvaise tête n'est plus bon qu'à être mangé, et si le nôtre ne s'amende pas, il sera mangé comme il le mérite !

Lorsque les petites furent sorties, il dit encore à sa femme, mais en riant et sans plus de colère :

— S'il fallait les écouter, on laisserait toutes les bêtes mourir de vieillesse. Quant au bœuf blanc, je ne crois pas qu'il soit possible de le vendre avant longtemps ; il est devenu si maigre que ce serait une mauvaise affaire. Je serais d'ailleurs bien curieux de savoir pourquoi il maigrit ainsi. J'ai toujours pensé que ce n'était pas naturel.

Cependant, Delphine et Marinette avaient couru à l'étable avertir le malheureux bœuf qui était justement en train d'étudier sa grammaire. En les voyant, il ferma les yeux et récita sans se tromper une fois la règle des participes, qui est pourtant très difficile.

Maïs Marinette confisqua la grammaire et Delphine tomba à genoux sur la paille.

— Bœuf, il paraît que si tu continues à tirer la charrue de travers et à répondre de travers, tu vas être vendu.

— Que m'importe, fillette ? Là-dessus, je suis tout à fait de l'avis de La Fontaine : « Notre ennemi, c'est notre maître. »

Les petites trouvèrent qu'il n'était pas très gentil, car enfin, il leur devait au moins quelques paroles de regret.

— Vous voyez comme il est, fit observer le grand roux. A présent, il ne connaît plus ni parents, ni amis.

— Que m'importe d'être vendu ? reprenait l'autre. Le seul risque serait sans doute de me voir apprécié un peu mieux que je ne suis ici.

— Mon pauvre bœuf, lui dit Delphine, tu serais vendu au boucher.

— Pour être mangé, ajouta Marinette qui lui en voulait de tant d'ingratitude. Tu vas être mangé et ce sera notre faute à nous qui t'avons donné de l'instruction. Parce qu'il faut bien le reconnaître : c'est l'instruction qui t'a rendu insupportable. Et si tu

ne veux pas être mangé, il va falloir commencer par
oublier tout ce que tu as appris.

— J'avais bien dit que tout cela ne valait rien
pour les bœufs, soupira le grand roux. On n'a pas
voulu m'écouter.

Son compagnon le regarda du haut en bas et répondit sèchement :

— Oui, Monsieur, j'ai méprisé vos conseils, comme
je les méprise aujourd'hui. Sachez que je ne regrette
rien et quant à vouloir oublier quoi que ce soit, je
refuse. Mon seul désir, ma seule ambition, c'est
d'apprendre encore et toujours. Plutôt mourir que
d'y renoncer.

Le grand roux, au lieu de se fâcher, répondit avec
amitié :

— Si tu venais à mourir, j'aurais du chagrin, tu
sais.

— Oui, oui, on dit ça, et puis dans le fond...

— Sans compter que ce ne serait pas agréable
pour toi, poursuivit le grand roux. Un jour que je
passais en ville, devant une boucherie, j'ai vu un
bœuf pendu par les cuisses, le ventre ouvert. Sa tête
était posée à côté de lui sur un plat. On lui avait ôté
sa peau, et le boucher, avec un couteau, taillait des

tranches de viande dans sa chair saignante. Voilà pourtant où ton instruction va te mener, si tu n'y prends pas garde.

Le bœuf blanc n'avait plus du tout envie de mourir et quoiqu'il s'en défendît, il était de l'avis des deux petites.

— Bœuf, lui disaient-elles, le discours de M. le sous-préfet n'était pas fait pour les bœufs. Si nous avions réfléchi, nous t'aurions appris à jouer à des jeux : à la main chaude, au loup, à la tape, à la poupée, à chat perché.

— Non, tout de même, protestait le bœuf blanc. Les jeux, c'est bon pour les enfants.

— Moi, disait le grand roux en riant de toutes ses dents, il me semble que j'aimerais ça, les jeux. Tenez, par exemple, la tape ou bien chat perché, je ne sais pas ce que c'est, mais c'est sûrement amusant.

Les petites promirent de lui apprendre à jouer, et le bœuf blanc jura qu'à l'avenir il s'appliquerait aux travaux de la terre et n'aurait plus en présence du maître la moindre distraction.

Pendant une semaine, le bœuf s'abstint de toute espèce de lectures, mais il fut si malheureux qu'il maigrit, durant cette huitaine, de vingt-sept livres et trois hectogrammes, ce qui est considérable, même pour un bœuf. Les petites comprirent elles-mêmes qu'il ne pouvait durer à un pareil régime et lui rendirent quelques livres parmi ceux qu'elles jugeaient les plus ennuyeux : un traité sur la fabrication des parapluies et un ouvrage très ancien sur la guérison des rhumatismes. Le bœuf les trouva si attrayants que, non content de les relire, il les apprit par cœur tous les deux. « Donnez-m'en d'autres », dit-il au petites lorsqu'il eut fini, et il fallut bien lui obéir. Dès lors il retomba dans sa funeste passion de l'étude et rien ne put l'en détourner, ni le péril de la boucherie, ni la colère du maître, ni les amicales remontrances du grand roux qui, de son côté, avait beaucoup changé en l'espace de quelques semaines.

Delphine et Marinette, dans l'espoir que le bœuf savant se laisserait tenter par les plaisirs de la tape, du colin-maillard et du chat perché, avaient appris ces jeux au grand roux qui s'en amusait beaucoup, et même un peu plus qu'il n'était raisonnable à un bœuf de son âge, car il devenait d'humeur frivole, riant à propos de tout et de rien. Cela faisait une paire de bœufs très mal assortie, et les sujets de querelle étaient nombreux.

— Je ne comprends pas, disait le bœuf blanc d'une voix sévère en jetant sur son compagnon un regard attristé, je ne comprends pas...

— Non, laisse-moi rire, interrompait le grand roux, c'est plus fort que moi, il faut que je rie.

— Je ne comprends pas qu'on puisse à ce point manquer de sérieux et de dignité. Quand on pense que la surface d'un rectangle s'obtient en multipliant la longueur par la largeur, que le Rhin prend sa source dans le massif du Saint-Gothard et que Charles

Martel vainquit les Arabes en l'an 732, on est consterné par le spectacle d'un bœuf de six ans se livrant à des jeux imbéciles, et volontairement ignorant des merveilles...

— Ha ! ha ! ha ! faisait le grand roux, tordu par un rire convulsif.

— Idiot ! si au moins il avait l'esprit de s'amuser discrètement et de ne pas troubler mes travaux. Vas-tu te taire ?

jouons, tous les deux

— Ecoute, vieux, laisse tes bouquins un moment et jouons à quelque chose, tous les deux...

— Voilà qu'il devient fou ! comme si j'avais le temps de me prêter...

— A pigeon vole, rien qu'un quart d'heure... rien que cinq minutes...

Parfois le bœuf blanc cédait, après avoir arraché à l'autre la promesse de le laisser étudier en paix. Mais toujours préoccupé, il jouait médiocrement et s'y collait presque tout le temps. Il arrivait même que le grand roux en fût agacé et se fâchât tout de bon, disant qu'il faisait exprès de mal jouer.

— Toutes les fois tu t'y laisses prendre, et du premier coup. Tu ne sais donc pas ce que c'est qu'une maison, toi qui es si savant ?... Si tu le sais, pourquoi dis-tu « maison vole » ? Ah ! tu n'as pas l'esprit très vif, à ce que je vois...

— Je l'ai plus que toi, repartait son compagnon, mais je suis incapable de m'intéresser à des sottises et j'en suis fier.

Leurs jeux finissaient la plupart du temps par un échange d'injures, quand ce n'étaient pas des coups de pied.

— En voilà des manières, leur dit Marinette qui les surprit un soir au milieu d'une querelle. Vous ne pouvez pas vous parler gentiment ?

— C'est de sa faute, il m'a forcé à jouer à pigeon vole.

— Mais non, il n'y a même pas moyen de plaisanter, avec lui.

Ils en vinrent à ne plus pouvoir se supporter, et formèrent le plus mauvais attelage qu'on eût jamais vu. De plus en plus distrait, le bœuf blanc marchait à reculons quand il fallait marcher en avant, tirait à droite au lieu de tirer à gauche, tandis que son compagnon s'arrêtait à chaque instant pour rire à son contentement, ou bien se retournait vers le maître pour lui poser une devinette :

— Quatre pattes sur quatre pattes. Quatre pattes s'en vont, quatre pattes restent. Qu'est-ce que c'est ?

— Allons, nous ne sommes pas là pour dire des bêtises. Hue !

— Oui, disait le grand roux en riant, vous dites ça parce que vous ne savez pas trouver.

— Moi ? je ne veux même pas chercher. Au travail !

— Quatre pattes sur quatre pattes, voyons, ce n'est pas difficile...

Il fallait que le maître le piquât de son aiguillon pour qu'il se remît au travail, et alors, c'était l'autre bœuf qui s'arrêtait pour se demander s'il était bien

vrai que la ligne droite fût le plus court chemin
d'un point à un autre, ou Napoléon le plus grand
capitaine de tous les temps (certains jours il se décidait
pour César). Le fermier se désolait de voir que ses
bœufs devenaient de si mauvais ouvriers, l'un tirant
à hue quand l'autre tirait à dia. Quelquefois, il mettait
tout un matin à tracer un sillon qu'il lui fallait
recommencer l'après-midi.

— Ces bœufs me feront perdre la tête, disait-il
chez lui. Ah ! si seulement je pouvais les vendre...
mais il ne faut pas espérer vendre le blanc, il est de
plus en plus maigre, et d'autre part si je me débar-
rasse du grand roux qui est devenu insupportable,
qu'est-ce que je ferai d'un seul bœuf ?

Delphine et Marinette avaient encore un peu de
remords en écoutant ces paroles, mais surtout, elles
se félicitaient de ce qu'aucun des bœufs ne fût promis
au boucher. Elles ne savaient pas que le bœuf blanc

allait tout gâter, faute de pouvoir tenir sa langue.

Un soir, retour des champs, le grand roux jouait à chat perché avec les petites dans la cour de la ferme. A vrai dire, il ne se perchait pas sur le fond d'un cuveau, ou sur un escabeau, ou sur une lessiveuse. Il était trop gros pour cela. Mais on lui en accordait le bénéfice quand il avait simplement posé un pied sur le perchoir. Le maître considérait ces ébats sans bienveillance. Comme le grand roux faisait le simulacre de se percher sur la margelle du puits, il le tira rudement par la queue et lui dit avec colère :

— As-tu fini tes singeries ? regardez-moi un peu ce grand benêt, à quoi il s'amuse !

— Alors quoi, dit le bœuf, on ne peut même plus jouer, maintenant ?

— Je te donnerai la permission de jouer quand tu travailleras comme il faut. Va-t'en à l'étable.

Puis il avisa le bœuf blanc qui faisait une expérience de physique dans l'auge de pierre où il venait de boire.

— Toi, dit le maître, je te conseille également plus d'application, et je trouverai bien un moyen de t'y obliger. En attendant, rentre aussi, à quoi cela ressemble-t-il de patauger dans l'eau comme tu fais ? décampe !

Fâché d'interrompre son expérience, et plus encore

humilié qu'on lui parlât sur ce ton, le bœuf blanc riposta :

— J'admets que vous vous adressiez avec cette rudesse à un bœuf ignorant, tel que mon compagnon. Ces espèces ne comprennent en effet point d'autre langage. Mais ce n'est pas ainsi que l'on traite un bœuf tel que moi, un bœuf instruit...

Les petites, qui s'étaient approchées, lui faisaient de grands signes pour qu'il tînt sa langue, mais il poursuivit :

— Un bœuf, dis-je, instruit dans les sciences, les belles-lettres et la philosophie.

— Comment ? mais je ne te savais pas aussi savant, bœuf.

— C'est pourtant la vérité. J'ai lu plus de livres que vous n'en lirez jamais, Monsieur, et je sais plus de choses que n'en sait toute votre famille réunie. Mais trouvez-vous convenable qu'un bœuf de mon mérite soit obligé aux travaux de la terre ? et pensez-vous, Monsieur, que la philosophie soit à sa place devant la charrue ? Vous me reprochez de faire aux champs de mauvaise besogne, mais c'cst que je suis fait pour accomplir d'autres travaux plus importants.

Le maître l'écoutait avec attention et, de temps à autre, il hochait la têtc. Pensant qu'il dût être fâché et qu'il le serait davantage quand le bœuf aurait tout dit, les petites n'en menaient pas large, mais elles eurent la surprise de l'entendre dire :

— Bœuf, pourquoi ne m'avoir pas parlé ainsi plus tôt ? Si j'avais su, tu penses bien que je ne t'aurais pas obligé à un labeur aussi pénible : j'ai trop de respect pour la science et la philosophie.

— Et les belles-lettres aussi, dit le bœuf, vous avez l'air d'oublier les belles-lettres.

— Bien entendu, les belles-lettres aussi. Mais va, c'est bien fini et j'entends que désormais tu restes à la maison pour achever tes études dans la quiétude la plus complète. Je ne veux plus que tu prennes sur ton sommeil le temps de tes lectures et de tes méditations.

— Vous êtes un bon maître, comment reconnaître votre générosité ?

— En prenant bien soin de ta santé. J'aime voir aux belles-lettres, aux sciences et à la philosophie un visage bien joufflu. N'aie donc pas d'autre souci que d'étudier, de manger et de dormir. Le grand roux travaillera pour deux.

Le bœuf ne se lassait pas d'admirer et de louer l'intelligence d'un maître aussi rare et les petites étaient fières de leur père. Il n'y avait que le grand roux qui n'eût pas à se féliciter de cette décision. En fait, il s'accommoda assez bien du nouveau régime et s'il n'accomplit pas son travail d'une manière tout à fait satisfaisante, du moins avait-il moins de mal que lorsque son compagnon de joug contrariait ses efforts par distraction ou mauvaise volonté.

Quant au bœuf blanc, l'on peut dire qu'il vécut parfaitement heureux. Il s'était orienté décidément vers la philosophie, et comme il avait autant de loisirs qu'il en pouvait désirer, et un excellent fourrage, ses méditations étaient sereines. Il engraissait régulièrement et prenait bonne mine. Il était en possession d'une très belle philosophie, lorsque son maître, s'étant aperçu qu'il avait augmenté de soixante-quinze kilogrammes, décida de le vendre au boucher en même temps que le grand roux. Par bonheur, le jour où il les conduisit à la ville, un grand cirque venait de planter sa tente sur la place principale. Le propriétaire du cirque, en passant auprès d'eux, entendit le bœuf blanc qui parlait avec distinction de science et de poésie. Il pensa qu'un bœuf savant ne ferait pas mal dans son cirque, et il en proposa aussitôt un bon prix. Le grand roux regrettait maintenant de n'avoir pas étudié.

— Prenez-moi aussi, dit-il, je ne suis pas savant, c'est vrai, mais je connais des jeux amusants, et je ferai rire le public.

— Prenez-le, dit le bœuf blanc, c'est mon ami, et je ne peux pas me séparer de lui.

Après quelques hésitations, le propriétaire du cirque voulut bien acheter le grand roux, et il n'eut pas à le regretter, car les bœufs eurent beaucoup de succès. Le lendemain, les petites vinrent à la ville et purent applaudir leurs amis dans un très joli numéro. Elles avaient un peu de peine en pensant qu'elles les voyaient pour la dernière fois, et le bœuf blanc lui-même, qui ne demandait qu'à voyager pour s'instruire encore, avait du mal à retenir ses larmes.

Les parents achetèrent une autre paire de bœufs, mais les petites se gardèrent bien de leur apprendre à lire, car elles savaient maintenant qu'à moins de trouver place dans un cirque, les bœufs ne gagnent rien à s'instruire, et que les meilleures lectures leur attirent les pires ennuis.

le problème

Les parents posèrent leurs outils contre le mur et, poussant la porte, s'arrêtèrent au seuil de la cuisine. Assises l'une à côté de l'autre, en face de leurs cahiers de brouillons, Delphine et Marinette leur tournaient le dos. Elles suçaient le bout de leur porte-plume et leurs jambes se balançaient sous la table.

— Alors ? demandèrent les parents. Il est fait, ce problème ?

Les petites devinrent rouges. Elles ôtèrent les porte-plume de leur bouche.

— Pas encore, répondit Delphine avec une pauvre voix. Il est difficile. La maîtresse nous avait prévenues.

— Du moment que la maîtresse vous l'a donné, c'est que vous pouvez le faire. Mais avec vous, c'est toujours la même chose. Pour m'amuser, jamais en retard, mais pour travailler, plus personne et pas plus de tête que mes sabots. Il va pourtant falloir que ça change. Regardez-moi ces deux grandes bêtes de dix ans. Ne pas pouvoir faire un problème.

— Il y a déjà deux heures qu'on cherche, dit Marinette.

— Eh bien ! vous chercherez encore. Vous y passerez votre jeudi après-midi, mais il faut que le problème soit fait ce soir. Et si jamais il n'est pas fait, ah ! s'il n'est pas fait ! Tenez, j'aime autant ne pas penser à ce qui pourrait vous arriver.

Les parents étaient si en colère à l'idée que le problème pourrait n'être pas fait le soir qu'ils s'avancèrent de trois pas à l'intérieur de la cuisine. Se trouvant ainsi derrière le dos des petites, ils tendirent le cou par-dessus leurs têtes et, tout d'abord, restèrent muets d'indignation. Delphine et Marinette avaient dessiné, l'une un pantin qui tenait toute une page de son cahier de brouillons, l'autre une maison avec une cheminée qui fumait, une mare où nageait un canard et une très longue route au bout de laquelle le facteur arrivait à bicyclette. Recroquevillées sur leurs chaises, les petites n'en menaient pas large. Les parents se mirent à crier, disant que c'était incroyable et

qu'ils n'avaient pas mérité d'avoir des filles pareilles. Et ils arpentaient la cuisine en levant les bras et s'arrêtaient de temps en temps pour taper du pied

sur le carreau. Ils faisaient tant de bruit que le chien,
couché sous la table aux pieds des petites, finit par
se lever et vint se planter devant eux. C'était un
berger briard qui les aimait beaucoup, mais qui aimait
encore bien plus Delphine et Marinette.

— Voyons, parents, vous n'êtes pas raisonnables,
dit-il. Ce n'est pas de crier ni de taper du pied qui
va nous avancer dans le problème. Et d'abord, à quoi
bon rester ici à faire des problèmes quand il fait si
beau dehors ? Les pauvres petites seraient bien mieux
à jouer.

— C'est ça. Et plus tard, quand elles auront vingt
ans, qu'elles seront mariées, elles seront si bêtes que
leurs maris se moqueront d'elles.

— Elles apprendront à leurs maris à jouer à la
balle et à saute-mouton. N'est-ce pas, petites ?

— Oh ! oui, dirent les petites.

— Silence, vous ! crièrent les parents. Et au travail.
Vous devriez avoir honte. Deux grandes sottes qui ne
peuvent même pas faire un problème.

— Vous vous faites trop de souci, dit le chien. Si
elles ne peuvent pas faire leur problème, eh bien !
que voulez-vous, elles ne peuvent pas. Le mieux est
d'en prendre son parti. C'est ce que je fais.

— Au lieu de perdre leur temps à des gribouillages... Mais en voilà assez. On n'a pas de comptes à rendre au chien. Allons-nous-en. Et vous, tâchez de ne pas vous amuser. Si le problème n'est pas fait ce soir, tant pis pour vous.

Sur ces mots, les parents quittèrent la cuisine, ramassèrent leurs outils et partirent pour les champs sarcler les pommes de terre. Penchées sur leurs cahiers de brouillons, Delphine et Marinette sanglotaient. Le chien vint se planter entre leurs deux chaises et, posant ses deux pattes de devant sur la table, leur passa plusieurs fois sa langue sur les joues.

— Est-ce qu'il est vraiment si difficile, ce problème ?

— S'il est difficile ! soupira Marinette. C'est bien simple. On n'y comprend rien.

— Si je savais de quoi il s'agit, dit le chien, j'aurais peut-être une idée.

— Je vais te lire l'énoncé, proposa Delphine. « Les bois de la commune ont une étendue de seize hectares. Sachant qu'un are est planté de trois chênes, de deux hêtres et d'un bouleau, combien les bois de la commune contiennent-ils d'arbres de chaque espèce ? »

— Je suis de votre avis, dit le chien, ce n'est pas un problème facile. Et d'abord, qu'est-ce que c'est qu'un hectare ?

Qu'est-ce que c'est qu'un hectare

— On ne sait pas très bien, dit Delphine qui, étant l'aînée des petites, était aussi la plus savante. Un hectare, c'est à peu près comme un are, mais pour dire lequel est le plus grand, je ne sais pas. Je crois que c'est l'hectare.

— Mais non, protesta Marinette. C'est l'are le plus grand.

— Ne vous disputez pas, dit le chien. Que l'are soit plus grand ou plus petit, c'est sans importance. Occupons-nous plutôt du problème. Voyons : « Les bois de la commune... »

Ayant appris l'énoncé par cœur, il y réfléchit très longtemps. Parfois, il faisait remuer ses oreilles, et les petites avaient un peu d'espoir, mais il dut convenir que ses efforts n'avaient pas abouti.

— Ne vous découragez pas. Le problème a beau être difficile, on en viendra à bout. Je vais réunir toutes les bêtes de la maison. A nous tous, on finira bien par trouver la solution.

Le chien sauta par la fenêtre, alla trouver le cheval qui broutait dans le pré et lui dit :

— Les bois de la commune ont une étendue de seize hectares.

— C'est bien possible, dit le cheval, mais je ne vois pas en quoi la chose m'intéresse.

Le chien lui ayant expliqué en quel ennui se trouvaient les deux petites, il manifesta aussitôt une grande inquiétude et fut également d'avis de proposer le problème à toutes les bêtes de la ferme Il se rendit dans la cour et, après avoir poussé trois hennissements, se mit à jouer des claquettes en dansant des quatre sabots sur les planches de voiture, qui résonnaient comme un tambour. A son appel accoururent de toutes parts les poules, les vaches, les bœufs, les oies, le cochon, le canard, les chats, le coq, les veaux et ils se rangèrent en demi-cercle sur trois rangs devant la maison. Le chien se mit à la fenêtre entre les deux petites et, leur ayant expliqué ce qu'on attendait d'eux, donna l'énoncé du problème :

— Les bois de la commune ont une étendue de seize hectares.

Les bêtes réfléchissaient en silence et le chien se tournait vers les petites avec des clins d'yeux pour leur donner à entendre qu'il était plein d'espoir. Mais bientôt s'élevèrent parmi les bêtes des murmures découragés. Le canard lui-même, sur lequel on comptait

beaucoup, n'avait rien trouvé et les oies se plaignaient d'avoir mal à la tête.

— C'est trop difficile, disaient les bêtes. Ce n'est pas un problème pour nous. On n'y comprend rien.

— Ce n'est pas sérieux, s'écria le chien. Vous n'allez pas laisser les petites dans l'embarras. Réfléchissez encore.

— A quoi bon se casser la tête, grogna le cochon, puisque ça ne sert à rien.

— Naturellement, dit le cheval, tu ne veux rien faire pour les petites.

— Pas vrai ! Je suis pour les petites. Mais j'estime qu'un problème comme celui-là...

— Silence !

Les bêtes se remirent à chercher la solution du problème des bois, mais sans plus de résultat que la première fois. Les oies avaient de plus en plus mal à la tête. Les vaches commençaient à somnoler. Le cheval, malgré toute sa bonne volonté, avait des distractions et tournait la tête à droite et à gauche. Comme il regardait du côté du pré, il vit arriver dans la cour une petite poule blanche.

— Ne vous pressez pas, lui dit-il. Alors, non ? Vous n'avez pas entendu le signal du rassemblement ?

— J'avais un œuf à pondre, répondit-elle d'un ton

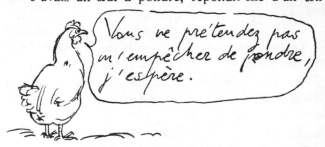

Vous ne prétendez pas m'empêcher de pondre, j'espère.

sec. Vous ne prétendez pas m'empêcher de pondre, j'espère.

Elle entra dans le cercle des bêtes et, après avoir pris place au premier rang, parmi les autres poules, elle s'informa du motif de la réunion. Le chien, que le découragement commençait à gagner, ne jugeait guère utile de la renseigner. Il ne croyait pas du tout qu'elle pût réussir là où avaient échoué tous les autres. Consultées, Delphine et Marinette, par égard pour elle, décidèrent de la mettre au courant. Le chien commença ses explications, et, une fois de plus, récita l'énoncé du problème :

— Les bois de la commune ont une étendue de seize hectares...

— Eh bien ! je ne vois pas ce qui vous arrête, dit la petite poule blanche lorsqu'il eut fini. Tout ça me paraît très simple.

Les petites étaient roses d'émotion et la regardaient avec un grand espoir. Cependant, les bêtes échangeaient des réflexions qui n'étaient pas toutes bienveillantes.

— Elle n'a rien trouvé. Elle veut se rendre intéressante. Elle n'en sait pas plus que nous. Vous pensez, une petite poule de rien du tout.

— Voyons, laissez-la parler, dit le chien. Silence, cochon, et vous, les vaches, silence aussi. Alors, qu'est-ce que tu as trouvé ?

— Je vous répète que c'est très simple, répondit la petite poule blanche, et je m'étonne que personne n'y ait pensé. Les bois de la commune sont tout près d'ici. Le seul moyen de savoir combien il y a de chênes, de hêtres et de bouleaux, c'est d'aller les compter. A nous tous, je suis sûre qu'il ne nous faudra pas plus d'une heure pour en venir à bout.

— Ça, par exemple ! s'écria le chien.

— Ça, par exemple ! s'écria le cheval.

Delphine et Marinette étaient tellement émerveillées qu'elles ne trouvaient rien à dire. Sautant par la fenêtre, elles s'agenouillèrent auprès de la petite poule blanche et lui caressèrent les plumes, celles du dos et celles du jabot. Elle protestait modestement qu'elle n'avait aucun mérite. Les bêtes se pressaient autour d'elle pour la complimenter. Même le cochon, qui était un peu jaloux, ne pouvait cacher son admiration. « Je n'aurais pas cru que cette bestiole était aussi capable », disait-il.

Le cheval et le chien ayant mis fin aux compli-ments, Delphine et Marinette, suivies de toutes les bêtes de la ferme, traversèrent la route et gagnèrent la forêt. Là, il fallut d'abord apprendre à chacun à

reconnaître un chêne, un hêtre, un bouleau. Les bois de la commune furent ensuite partagés en autant de tranches qu'il y avait de bêtes, c'est-à-dire quarante-deux (sans compter les poussins, les oisons, les chatons et les porcelets, auxquels on confia le soin de compter les fraisiers et les pieds de muguet). Le cochon se plaignit qu'on lui eût donné un mauvais coin où les arbres n'étaient pas aussi importants qu'ailleurs. Il grognait que le morceau de forêt attribué à la petite poule blanche aurait dû lui revenir.

— Mon pauvre ami, lui dit-elle, je ne sais pas ce qui peut vous faire envie dans mon coin, mais ce que je sais, c'est qu'on a bien raison de dire bête comme un cochon.

— Petite imbécile. Vous faites bouffer vos plumes

parce que vous avez trouvé la solution du problème, mais c'était à la portée de tout le monde.

— Est-ce que je dis le contraire ? Marinette, donnez donc mon secteur à Monsieur et choisissez-m'en un autre qui soit aussi loin que possible de ce grossier personnage.

Marinette leur donna satisfaction et chacun se mit au travail. Tandis que les bêtes comptaient les arbres de la forêt, les petites allaient de secteur en secteur et recueillaient les chiffres qu'elles inscrivaient sur leurs cahiers de brouillons.

— Vingt-deux chênes, trois hêtres, quatorze bouleaux, disait une oie.

— Trente-deux chênes, onze hêtres, quatorze bouleaux, disait le cheval.

Puis ils continuaient à compter en repartant de un. La besogne allait très vite et tout semblait devoir se passer sans incident. Les trois quarts des arbres étaient dénombrés et le canard, le cheval et la petite poule blanche venaient de terminer leur travail lorsqu'un hurlement partit du fond des bois de la commune et l'on entendit la voix du cochon qui appelait :

Au secours ! Delphine ! Marinette ! Au secours !

Guidées par la voix, les petites se mirent à courir et arrivèrent en même temps que le cheval auprès du cochon. Celui-ci, tremblant des quatre pattes, se trouvait en face d'un gros sanglier qui le regardait avec des yeux pleins de colère et l'interpellait d'une voix irritée :

— Espèce d'idiot, vous avez fini de brailler comme ça ? Qu'est-ce qui vous prend de réveiller les honnêtes gens en plein jour ? Je vais vous apprendre à vivre moi. Quand on a une tête comme la vôtre, on devrait se cacher et ne pas se produire dans les bois. Vous, les petits, rentrez dans la bauge.

Ces dernières paroles s'adressaient à une dizaine de marcassins qui se bousculaient autour du cochon et jouaient même entre ses pattes. Le dos rayé de longues bandes claires, ils étaient gros comme des chats et avaient de petits yeux rieurs. Peut-être le cochon ne devait-il son salut qu'à leur présence, car le sanglier n'aurait pu se jeter sur lui sans courir le risque d'en écraser un ou deux.

— Qu'est-ce que c'est encore que ceux-là ? gronda le sanglier, en voyant arriver le cheval et les deux petites. Ma parole, on se croirait sur une route nationale. Il ne manque plus que des autos. Je commence à en avoir assez.

Il avait l'air si méchant qu'il fit une grande peur aux petites. Elles s'étaient arrêtées court en balbutiant une excuse, mais elles n'eurent pas plus tôt aperçu les marcassins qu'elles oublièrent le sanglier et s'écrièrent qu'elles n'avaient jamais rien vu d'aussi charmant. Ce disant, elles jouaient avec eux, les caressaient et les embrassaient. Heureux d'avoir trouvé avec qui jouer, ils poussaient de petits grognements de joie et d'amitié.

— Qu'ils sont jolis, répétaient Delphine et Marinette. Qu'ils sont mignons. Qu'ils sont gentils.

Le sanglier n'avait pas l'air méchant. Ses yeux devenaient rieurs comme ceux des marcassins et sa hure avait une expression de douceur.

— C'est une assez belle portée, convint-il. Insouciants comme ils sont, ils nous donnent bien du tracas, mais que voulez-vous, c'est de leur âge. Leur mère prétend qu'ils sont jolis et, ma foi, je ne suis pas fâché que vous soyez de son avis. Pour être franc, je n'en dirai pas autant de ce cochon qui me regarde d'un air si stupide. Quel drôle d'animal ! Est-il possible d'être aussi laid ? Je n'en reviens pas.

Le cochon, qui tremblait encore de la peur qu'il avait eue, n'osait pas protester, mais il se trouvait plus beau que le sanglier et roulait des yeux furieux.

— Et vous, petites filles, qu'est-ce qui vous amène dans les bois de la commune ?

— Nous sommes venues avec nos amis de la ferme pour compter les arbres. Mais le cheval vous expliquera. Il nous faut aller finir le problème.

Après avoir encore embrassé les marcassins, Delphine et Marinette s'éloignèrent en promettant de revenir dans un moment.

— Figurez-vous, dit le cheval, que la maîtresse d'école a donné aux petites un problème très difficile.

— Je ne comprends pas bien. Il faut m'excuser, mais je vis très retiré. Je ne sors guère que la nuit et la vie du village m'est presque étrangère.

Le sanglier s'interrompit pour jeter un coup d'œil au cochon et dit à haute voix :

— Que cet animal est donc laid. Je n'arrive pas à m'y habituer. Cette peau rose est d'un effet vraiment écœurant. Mais n'en parlons plus. Je vous disais donc qu'à vivre la nuit je suis resté ignorant de bien des choses. Qu'est-ce qu'une maîtresse d'école par exemple ? Et qu'est-ce qu'un problème ?

Le cheval lui expliqua ce qu'étaient une maîtresse d'école et un problème. Le sanglier s'intéressa beaucoup à l'école et regretta de ne pouvoir y envoyer ses marcassins. Mais il ne comprenait pas que les parents des petites fussent aussi sévères.

— Voyez-vous que j'empêche mes marcassins de jouer pendant tout un après-midi pour leur faire faire un problème ? Ils ne m'obéiraient pas. Du reste, leur mère les soutiendrait sûrement contre moi. Mais ce fameux problème, en quoi consiste-t-il ?

— Voici l'énoncé : Les bois de la commune ont une étendue...

Lorsque le cheval eut fini de réciter l'énoncé, le sanglier appela un écureuil qui venait de sauter sur la plus basse branche d'un hêtre.

— Occupe-toi tout de suite de savoir combien il y a de chênes, de hêtres et de bouleaux dans les bois de la commune, lui dit-il. Je t'attends ici.

L'écureuil disparut aussitôt dans les hautes branches. Il allait avertir les autres écureuils et avant un quart d'heure, affirmait le sanglier, il rapporterait la réponse. Ainsi pourrait-on contrôler si le compte de Delphine et Marinette était juste. Le cochon, qui était resté planté au milieu des marcassins, s'avisa soudain qu'il n'avait pas terminé sa besogne, mais ne sachant plus où il en était, il lui fallait tout recommencer. Comme il hésitait sur la conduite à tenir, il vit arriver le canard et la petite poule blanche.

— J'espère que vous n'êtes pas trop fatigué, lui dit celle-ci. Ce n'était pas la peine, tout à l'heure, de tant faire le fier et le redressé pour laisser tout en plan. Il a fallu que le canard et moi, nous nous partagions votre travail.

Le cochon était très gêné et ne savait que dire. La petite poule blanche ajouta d'un ton sec :

— Ne vous excusez pas. Ne nous remerciez pas non plus. Ce n'est pas la peine.

— Décidément, dit le sanglier, il ne lui manque rien. Il est laid, il a la peau rose et il est paresseux.

Cependant, les marcassins entouraient les nouveaux venus et voulaient jouer avec eux, mais la petite poule blanche, qui n'aimait pas les familiarités, les pria de la laisser en paix. Comme ils insistaient, la poussant à coups de tête ou posant leurs pattes sur son dos, elle se percha sur une branche de noisetier. Suivies des autres bêtes de la ferme, Delphine et Marinette venaient chercher les chiffres que devait fournir le cochon. Ce furent le canard et la petite poule blanche qui les leur donnèrent. Il ne restait plus à faire que trois additions. Quelques minutes plus tard, Delphine annonçait :

— Dans les bois de la commune, il y a trois mille neuf cent dix-huit chênes, douze cent quatorze hêtres et treize cent deux bouleaux.

— C'est ce que je pensais, dit le cochon.

Delphine remercia les bêtes d'avoir si bien travaillé et particulièrement la petite poule blanche qui avait compris le problème et trouvé la solution. D'abord

intimidés par l'affluence, les marcassins s'étaient approchés des oies et commençaient à s'enhardir. Bonnes personnes, elles se prêtaient volontiers à leurs jeux. Les petites ne tardèrent pas à se joindre à eux et, après elles, toutes les bêtes et le sanglier lui-même qui riait à plein gosier. Jamais les bois de la commune n'avaient été aussi bruyants ni aussi joyeux.

— Ce n'est pas pour vous contrarier, dit le chien au bout d'un moment, mais le soleil commence à baisser. Les parents vont bientôt rentrer et s'ils ne trouvent personne à la ferme, ils pourraient bien n'être plus de bonne humeur.

Comme on se disposait à partir, un groupe d'écureuils apparut sur la plus basse branche d'un hêtre et l'un d'eux dit au sanglier :

— Dans les bois de la commune, il y a trois mille neuf cent dix-huit chênes, douze cent quatorze hêtres et treize cent deux bouleaux.

Les chiffres de l'écureuil étaient les mêmes que ceux des petites et le sanglier s'en réjouit.

— C'est la preuve que vous ne vous êtes pas trompées. Demain, la maîtresse vous donnera une bonne note. Ah ! je voudrais bien être là quand elle vous complimentera. Moi qui aimerais tant voir une école.

— Venez donc demain matin, proposèrent les petites. La maîtresse n'est pas très méchante. Elle vous laissera entrer en classe.

— Vous croyez ? Eh bien ! je ne dis pas non. Je vais y réfléchir.

Lorsque les petites le quittèrent, le sanglier était à peu près décidé à aller à l'école le lendemain. Le cheval et le chien lui avaient promis de s'y rendre également pour qu'il ne fût pas le seul étranger à se présenter devant la maîtresse.

Au retour des champs, les parents virent Delphine et Marinette qui jouaient dans la cour et ils leur crièrent de la route :

— Est-ce que vous avez fait votre problème?

— Oui, répondirent les petites en s'avançant à leur rencontre, mais il nous a donné du mal.

— Ç'a a été un rude travail, affirma le cochon, et ce n'est pas pour me vanter, mais dans les bois...

Marinette réussit à le faire taire en lui marchant sur le pied. Les parents le regardèrent de travers en grommelant que cet animal était de plus en plus stupide. Puis ils dirent aux petites :

— Ce n'est pas tout d'avoir fait le problème. Il faut aussi qu'il soit juste. Mais ça, on le saura demain. On verra la note que la maîtresse vous donnera. Si jamais votre problème n'est pas juste, vous pouvez compter que ça ne se passera pas comme ça. Ce serait trop facile. Il suffirait de bâcler un problème.

— On ne l'a pas bâclé, assura Delphine, et vous pouvez être certains qu'il est juste.

— Du reste, l'écureuil trouve comme nous, déclara le cochon.

— L'écureuil! Ce cochon devient fou. Il a d'ailleurs un drôle de regard. Allons, plus un mot et rentre dans ta soue.

Le lendemain matin, lorsque la maîtresse apparut

sur le seuil de l'école pour faire entrer les élèves, elle ne s'étonna pas de voir dans la cour un cheval. un chien, un cochon et une petite poule blanche. Il n'était pas rare qu'une bête de la ferme voisine vînt s'égarer par là. Ce qui ne manqua pas de la surprendre et de l'effrayer, ce fut l'arrivée d'un sanglier débouchant soudain d'une haie où il se tenait caché. Peut-être eût-elle crié et appelé au secours si Delphine et Marinette ne l'avaient aussitôt rassurée.

— Mademoiselle, n'ayez pas peur. On le connaît. C'est un sanglier très gentil.

— Pardonnez-moi, dit le sanglier en s'approchant. Je ne voudrais pas vous déranger, mais j'ai entendu dire tant de bien de votre école et de votre enseignement que l'envie m'est venue d'entendre une de vos leçons. Je suis sûr que j'aurais beaucoup à y gagner.

Flattée, la maîtresse hésitait pourtant à le recevoir dans sa classe. Les autres bêtes s'étaient avancées et réclamaient la même faveur.

— Bien entendu, ajouta le sanglier, nous nous engageons, mes compagnons et moi, à être sages et à ne pas troubler la leçon.

— Après tout, dit la maîtresse, je ne vois pas d'inconvénient à ce que vous entriez dans la classe. Mettez-vous en rang.

Les bêtes se placèrent à la suite des fillettes alignées deux par deux devant la porte de l'école. Le sanglier était à côté du cochon, la petite poule blanche à côté du cheval et le chien au bout de la rangée. Lorsque la maîtresse eut frappé dans ses mains, les nouveaux écoliers entrèrent en classe sans faire de bruit et sans se bousculer. Tandis que le chien, le sanglier et le cochon s'asseyaient parmi les fillettes, la petite poule blanche se perchait sur le dossier d'un banc, et le cheval, trop grand pour s'attabler, restait debout au fond de la salle.

La classe commença par un exercice d'écriture et se poursuivit par une leçon d'histoire. La maîtresse parla du XVe siècle et particulièrement du roi Louis XI, un roi très cruel qui avait l'habitude d'enfermer ses ennemis dans des cages de fer. « Heureusement, dit-elle, les temps ont changé et à notre époque il ne peut plus être question d'enfermer quelqu'un dans une cage. » A peine la maîtresse venait-elle de prononcer ces mots que la petite poule blanche, se dressant à son perchoir, demandait la parole.

— On voit bien, dit-elle, que vous n'êtes pas au courant de ce qui se passe dans le pays. La vérité, c'est que rien n'a changé depuis le XVe siècle. Moi qui vous parle, j'ai vu bien souvent des malheureuses poules enfermées dans des cages et c'est une habitude qui n'est pas près de finir.

— C'est incroyable ! s'écria le sanglier.

La maîtresse était devenue très rouge, car elle pensait aux deux poulets qu'elle tenait prisonniers dans une cage pour les engraisser. Aussi se promit-elle de leur rendre la liberté dès après la classe.

— Quand je serai roi, déclara le cochon, j'enfermerai les parents dans une cage.

— Mais vous ne deviendrez jamais roi, dit le sanglier. Vous êtes trop laid.

— Je connais des gens qui ne sont pas du tout de votre avis, repartit le cochon. Hier au soir encore, les parents disaient en me regardant : « Le cochon est de plus en plus beau, il va falloir s'occuper de lui. »

Delphine et Marinette, confuses, durent reconnaître que les parents avaient tenu ce propos élogieux. Le cochon triompha.

— Vous n'en êtes pas moins l'animal le plus laid que j'aie jamais vu, dit le sanglier.

— Apparemment que vous ne vous êtes pas regardé. Avec ces deux grandes dents qui vous sortent de la gueule, vous avez une figure affreuse.

— Comment ? Vous osez parler de ma figure avec cette insolence ? Attendez un peu, gros butor, je vais vous apprendre à respecter les honnêtes gens.

Voyant le sanglier sauter hors de son banc, le cochon s'enfuit autour de la classe en poussant des cris aigus, et telle était sa frayeur qu'il bouscula la maîtresse et faillit la jeter à terre. « Au secours, criait-il. On veut m'assassiner ! » Et il se jetait entre les tables, faisant sauter les livres, les cahiers, les porte-plume et les encriers. Le sanglier, qui le serrait de près, ajoutait encore au désordre et grondait qu'il allait lui découdre la panse. Passant sous la chaise où était assise la maîtresse, il la souleva de terre et l'entraîna un moment dans sa course. Celle-ci s'en

trouva d'ailleurs ralentie et Delphine et Marinette en profitèrent pour essayer d'apaiser le sanglier, lui rappelant la promesse qu'il avait faite de ne pas troubler la leçon. Avec l'aide du chien et du cheval, elles finirent par lui faire entendre raison.

— Pardonnez-moi, dit-il à la maîtresse. J'ai été un peu vif, mais cet individu est si laid qu'il est impossible d'avoir pour lui aucune indulgence.

— Je devrais vous mettre à la porte tous les deux, mais pour cette fois, je me contenterai de vous mettre un zéro de conduite.

Et la maîtresse écrivit au tableau :

Le sanglier et le cochon étaient bien ennuyés, mais ce fut en vain qu'ils la supplièrent d'effacer les zéros. Elle ne voulut rien entendre.

— A chacun selon son mérite. Petite poule blanche, dix sur dix. Chien, dix sur dix. Cheval, dix sur dix. Et maintenant, passons à la leçon de calcul. Nous allons voir comment vous vous êtes tirées du problème des bois de la commune. Quelles sont celles d'entre vous qui l'ont fait ?

Delphine et Marinette furent seules à lever la main. Ayant jeté un coup d'œil sur leurs cahiers, la maîtresse eut une moue qui les inquiéta un peu. Elle paraissait douter que leur solution fût exacte.

— Voyons, dit-elle en passant au tableau, reprenons l'énoncé. Les bois de la commune ont une étendue de seize hectares...

Ayant expliqué aux élèves comment il fallait raisonner, elle fit les opérations au tableau et déclara :

— Les bois de la commune contiennent donc quatre mille huit cents chênes, trois mille deux cents hêtres et seize cents bouleaux. Par conséquent, Delphine et Marinette se sont trompées. Elles auront une mauvaise note.

— Permettez, dit la petite poule blanche. J'en suis fâchée pour vous, mais c'est vous qui vous êtes trompée. Les bois de la commune contiennent trois mille neuf cent dix-huit chênes, douze cent quatorze hêtres et treize cent deux bouleaux. C'est ce que trouvent les petites.

— C'est absurde, protesta la maîtresse. Il ne peut y avoir plus de bouleaux que de hêtres. Reprenons le raisonnement...

— Il n'y a pas de raisonnement qui tienne. Les bois de la commune contiennent bien treize cent deux bouleaux. Nous avons passé l'après-midi d'hier à les compter. Est-ce vrai, vous autres ?

— C'est vrai, affirmèrent le chien, le cheval et le cochon.

— J'étais là, dit le sanglier. Les arbres ont été comptés deux fois.

La maîtresse essaya de faire comprendre aux bêtes que les bois de la commune, dont il était question dans l'énoncé, ne correspondaient à rien de réel, mais la petite poule blanche se fâcha et ses compagnons commençaient à être de mauvaise humeur. « Si l'on ne pouvait se fier à l'énoncé, disaient-ils, le problème lui-même n'avait plus aucun sens. » La maîtresse leur déclara qu'ils étaient stupides. Rouge de colère, elle se disposait à mettre une mauvaise note aux deux petites lorsqu'un inspecteur d'académie entra dans la classe. D'abord, il s'étonna d'y voir un cheval, un chien, une poule, un cochon et surtout un sanglier.

— Enfin, dit-il, admettons. De quoi parliez-vous ?

— Monsieur l'Inspecteur, déclara la petite poule blanche, la maîtresse a donné avant-hier aux élèves un problème dont voici l'énoncé : Les bois de la commune ont une étendue de seize hectares...

Lorsqu'il fut informé, l'inspecteur n'hésita pas à donner entièrement raison à la petite poule blanche. Pour commencer, il obligea la maîtresse à mettre une très bonne note sur les cahiers des deux petites et à effacer les zéros de conduite du cochon et du sanglier. « Les bois de la commune sont les bois de la commune, dit-il, c'est indiscutable. » Il fut si content des bêtes qu'il fit remettre à chacune un bon point et à la petite poule blanche qui avait si bien raisonné la croix d'honneur.

Delphine et Marinette rentrèrent à la maison le cœur léger. En voyant qu'elles avaient de très bonnes notes, les parents furent heureux et fiers (ils crurent aussi que les bons points du chien, du cheval, de la petite poule blanche et du cochon avaient été décernés aux deux petites). Pour les récompenser, ils leur achetèrent des plumiers neufs.

le paon

Un jour, Delphine et Marinette dirent à leurs parents qu'elles ne voulaient plus mettre de sabots. Voilà ce qui s'était passé. Leur grande cousine Flora, qui avait presque quatorze ans et qui habitait le chef-lieu, venait de faire un séjour d'une semaine à la ferme. Comme elle avait été reçue un mois plus tôt à son certificat d'études, son père et sa mère lui avaient acheté un bracelet-montre, une bague en argent et une paire de souliers à talons hauts. Enfin, elle n'avait pas moins de trois robes rien que pour le dimanche. La première était rose avec ceinture dorée, la deuxième verte avec un bouillon de crêpe sur l'épaule, et la troisième en organdi. Flora ne sortait jamais sans mettre de gants. Elle regardait l'heure avec des ronds de bras et parlait beaucoup de toilettes, de chapeaux, de fers à friser.

Un jour donc, après le départ de Flora, les petites se poussèrent du coude pour s'encourager et Delphine dit aux parents :

— Les sabots, ce n'est pas si commode qu'on croit.

On se fait surtout mal aux pieds et, ce qui arrive aussi, c'est que l'eau entre par-dessus, tandis qu'avec des souliers, il y a moins de risque, surtout si le talon est un peu haut. Et les souliers, c'est tout de même plus joli.

— C'est comme les robes, dit Marinette. Au lieu de rester toute la semaine en tablier avec une robe de rien en dessous, il vaudrait mieux sortir de l'armoire un peu plus souvent nos robes du dimanche.

— C'est comme les cheveux, dit Delphine. Au lieu d'avoir les cheveux sur les épaules, ce serait bien plus commode de les relever. Et plus joli aussi.

Les parents respirèrent un grand coup et, après avoir un moment regardé leurs filles en fronçant les sourcils, répondirent avec une voix terrible.

— Voilà des façons de parler qui ne nous plaisent pas. Ne plus mettre vos sabots ! sortir de l'armoire vos robes du dimanche ! Est-ce que vous avez perdu la tête ? Vous pensez, oui, vous pensez comme on va vous donner vos souliers et vos bonnes robes pour tous les jours. Ce serait bientôt dévoré et il ne vous resterait plus rien de propre pour quand vous iriez voir l'oncle Alfred. Mais le plus fort, c'est les cheveux relevés. Des gamines de votre âge ! Ah ! si jamais vous parlez encore de cheveux relevés...

Les petites n'osèrent plus parler aux parents de cheveux, de robes, ni de souliers. Mais quand elles étaient seules, en allant à l'école ou au retour, ou sur les prés à garder les vaches, ou aux bois à cueillir les fraises, elles mettaient des pierres dans leurs sabots pour avoir le talon plus haut, elles mettaient leur robe à l'envers pour se donner ainsi l'illusion d'en changer, elles nouaient leurs cheveux sur la tête avec une ficelle. Et à chaque instant, elles se demandaient :

— Est-ce que j'ai la taille assez mince ? Est-ce que je fais d'assez petits pas ? Et mon nez, tu ne trouves pas que ces jours-ci il est un peu long ? Et ma bouche ? Et mes dents ? Est-ce que tu crois que le rose m'irait mieux que le bleu ?

Et dans leur chambre, elles n'avaient jamais fini de se regarder dans la glace, ne rêvant plus que d'être belles et d'avoir de beaux habits. Même, il y avait à la ferme un lapin blanc qu'elles aimaient beaucoup et il leur arrivait de rougir en pensant que le jour où on le mangerait, sa peau ferait une bien jolie fourrure.

Cet après-midi, devant la ferme, assises à l'ombre d'une haie, Delphine et Marinette ourlaient des torchons. A côté d'elles et les regardant travailler, il y avait une grosse oie blanche. C'était une bête tranquille, qui aimait la conversation et les plaisirs raisonnables. Elle se faisait expliquer à quoi sert d'ourler les torchons et comment s'y prendre.

— Il me semble que j'aimerais bien coudre, disait-elle aux petites. Ourler des torchons surtout.

— Merci, répondait Marinette, moi j'aimerais mieux coudre dans des robes. Ah ! si j'avais du tissu... par exemple, trois mètres de soie lilas... je me ferais une robe décolletée en rond avec un froncé de chaque côté.

— Moi, disait Delphine, je vois une robe rouge décolletée en pointe, avec trois rangs de boutons blancs jusqu'à la ceinture.

Tandis qu'elles parlaient ainsi, l'oie secouait la tête en murmurant :

— Tout ce que vous voudrez, mais moi j'aimerais mieux ourler des torchons.

Dans la cour, il y avait un cochon bien gras qui se promenait à petits pas. En sortant de la maison pour aller aux champs, les parents s'arrêtèrent devant lui et dirent :

— Il devient gras. Il est de plus en plus beau, ma foi.

— Vous trouvez ? dit le cochon. Je suis bien content de vous entendre dire que je suis beau. C'est ce que je pensais aussi.

Un peu gênés, les parents s'éloignèrent. En passant auprès des petites, ils leur firent compliment de leur application. Penchées sur leurs torchons, Delphine et Marinette tiraient l'aiguille sans échanger une parole, comme si rien n'eût compté pour elles que de faire des ourlets. Mais à peine les parents eurent-ils tourné le dos qu'elles se remirent à parler robes, chapeaux, souliers vernis, ondulations, montres en or, et l'aiguille courait moins vite dans la toile. Elles jouaient aux dames en visite, et Marinette en pinçant la bouche, demandait à Delphine :

— Chère madame, où donc avez-vous fait faire ce joli tailleur ?

L'oie ne comprenait pas bien. Un peu étourdie par ces bavardages, elle commençait à sommeiller quand arriva du fond de la cour un coq désœuvré qui se planta devant elle et dit en la regardant d'un air apitoyé :

— Je ne voudrais pas te faire de la peine, mais tu as quand même un drôle de cou.

— Un drôle de cou ? fit l'oie. Pourquoi, un drôle de cou !

— Cette question ! mais parce qu'il est trop long ! Regarde le mien...

L'oie considéra un moment le coq et répondit en hochant la tête :

— Eh bien ! oui, je vois que tu as le cou beaucoup trop court. Je dirai même que c'est loin d'être joli.

— Trop court ! s'écria le coq. Voilà que maintenant c'est moi qui ai le cou trop court ! En tout cas, il est plus beau que le tien.

— Je ne trouve pas, dit l'oie. Du reste, ce n'est pas la peine de discuter. Tu as le cou trop court et un point c'est tout.

Si les petites n'avaient pas été aussi occupées de robes et de coiffures, elles se seraient avisées que le coq était très vexé et auraient essayé d'arranger les choses. Il se mit à ricaner et dit avec un air insolent :

— Tu as raison. Ce n'est pas la peine de discuter. Mais sans parler du cou, je suis mieux que toi. J'ai des plumes bleues, des plumes noires et même des jaunes. Surtout j'ai un très beau panache, tandis que toi, je trouve que tu finis drôlement.

— J'ai beau te regarder, riposta l'oie, je vois un petit tas de plumes ébouriffées qui ne sont guère plaisantes. C'est comme cette crête rouge que tu as sur la tête, tu n'imagines pas, pour quelqu'un d'un peu délicat, combien c'est écœurant.

Alors, le coq devint furieux. Il fit un saut qui le porta tout contre l'oie et cria de toute sa voix :

— Vieille imbécile ! je suis plus beau que toi ! tu entends ! plus beau que toi !

— Ce n'est pas vrai ! Espèce de brimborion ! C'est moi la plus belle !

Au tapage, les petites avaient laissé leur conversation sur les robes et se préparaient à intervenir, mais le cochon, qui avait entendu les cris, traversa la cour au galop et, s'arrêtant auprès du coq et de l'oie, leur dit tout essoufflé :

— Qu'est-ce qui vous prend ? Est-ce que vous avez perdu la tête, tous les deux ? Voyons, mais le plus beau, c'est moi !

Les petites et même le coq et l'oie éclatèrent de rire.

— Je ne vois pas ce qui vous fait rire, dit le cochon. En tout cas, pour ce qui est de savoir lequel est le plus beau, vous voilà d'accord.

— C'est une plaisanterie, dit l'oie.

— Mon pauvre cochon, fit le coq, si tu pouvais voir combien tu es laid !

Le cochon regarda le coq et l'oie avec un air peiné et soupira :

— Je comprends... oui, je comprends. Vous êtes jaloux, tous les deux. Et pourtant, est-ce qu'on a jamais rien vu de plus beau que moi ? Tenez, les parents me le disaient encore tout à l'heure. Allons, soyez sincères. Dites-le, que je suis le plus beau.

Pendant la dispute, un paon apparut au coin de la haie et chacun fit silence. Son corps était bleu, son aile mordorée, et sa longue traîne verte était parsemée de taches bleues cernées par un anneau de rouille. Il portait une huppe sur la tête et marchait d'un pas fier. Il eut un rire élégant et, se tournant de côté pour se faire admirer, dit en s'adressant aux deux petites :

— Depuis le coin de la haie, j'ai assisté à leur querelle et je ne vous cacherai pas que je me suis follement amusé. Ah! oui, follement...

Ici, le paon s'interrompit pour rire discrètement et reprit :

— Grave question de savoir quel est le plus beau de ces trois personnages. Voilà un cochon qui n'est pas mal avec sa peau rose et tendue. J'aime bien le coq aussi avec cette espèce de moignon qu'il a sur la tête et ces plumes qui l'habillent comme un hérisson. Et quelle grâce aisée dans le maintien de notre bonne oie, et quelle dignité dans le port de la tête... Ah! laissez-moi rire encore... Mais soyons sérieux. Dites-moi, jeunes filles, ne pensez-vous pas qu'il vaudrait mieux, quand on est si loin de la perfection, ne pas trop parler de sa beauté ?

Les petites rougirent pour le cochon, pour le coq et pour l'oie, et un peu pour elles aussi. Mais, flattées de ce qu'il les eût appelées « jeunes filles », elles n'osèrent pas reprocher au paon son impolitesse.

— D'un autre côté, poursuivit le visiteur, je sais bien qu'on est un peu excusable quand on ne sait pas ce qu'est la vraie beauté...

Le paon tourna lentement sur lui-même en prenant des poses, pour que chacun pût le voir tout à son aise. Le cochon et le coq, muets d'admiration, le regardaient avec des yeux ronds. Mais l'oie ne paraissait pas trop surprise. Elle fit observer tranquillement :

— C'est entendu, vous n'êtes pas mal, mais on en a déjà bien vu autant. Moi, qui vous parle, j'ai connu un canard qui avait un plumage aussi beau que le vôtre. Et il ne faisait pas ces embarras. Vous me direz qu'il n'avait pas comme vous une longue traîne à balayer la poussière ni cette huppe sur la tête. Si vous voulez. Mais je peux vous assurer qu'elles ne lui manquaient pas non plus. Il vivait très bien sans ça. Du reste, vous ne me ferez pas croire que tous ces ornements sont bien convenables. Me voyez-vous, moi, avec un pinceau sur la tête et un mètre de plumes par-derrière ? Mais non, mais non. Ce n'est pas sérieux.

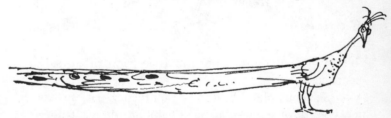

Pendant qu'elle parlait ainsi, le paon étouffait à peine un bâillement d'ennui et quand elle eut fini, il ne prit pas la peine de répondre. Déjà le coq reprenait de l'aplomb et ne craignait pas de comparer son plumage au sien. Il se tut d'un coup et le souffle même lui manqua une minute. Le paon venait de déployer les longues plumes de sa traîne qui s'arrondissait autour de lui comme un large éventail. L'oie elle-même en fut éblouie et ne put retenir un cri d'admiration. Emerveillé, le cochon fit un pas en avant pour

voir les plumes de plus près, mais le paon fit un saut
en arrière.

— S'il vous plaît, dit-il, ne m'approchez pas. Je suis
une bête de luxe. Je n'ai pas l'habitude de me frotter
à n'importe qui.

— Je vous demande pardon, balbutia le cochon.

— Mais non, c'est moi qui m'excuse de vous dire
les choses aussi simplement. Voyez-vous, quand on
veut être beau comme je suis, il faut en prendre la
peine. C'est presque aussi difficile de le rester que de le
devenir.

— Comment ? s'étonna le cochon. Est-ce que vous
n'avez pas toujours été beau ?

— Oh ! non. Quand je suis venu au monde, je

n'avais qu'un maigre duvet sur la peau et rien ne permettait d'espérer qu'il en serait un jour autrement. Ce n'est que peu à peu que je me suis transformé jusqu'au point d'être où vous me voyez à présent, et il m'a fallu des soins. Je ne pouvais rien faire sans que ma mère me reprenne aussitôt : « Ne mange pas de vers de terre, ça empêche la huppe de pousser. Ne saute pas à cloche-pied, tu auras la traîne de travers. Ne mange pas trop. Ne bois pas pendant les repas. Ne marche pas dans les flaques... » C'était sans fin. Et je n'avais pas le droit de fréquenter les poulets ni les autres espèces du château. Car vous savez que j'habite ce château qu'on aperçoit là-bas. Oh ! ce n'était pas souvent bien gai. En dehors des promenades que je faisais en compagnie de la châtelaine pour faire pendant à son lévrier, j'étais toujours seul. Et encore, si j'avais l'air de m'amuser ou de penser à quelque chose de drôle, ma mère me criait avec désespoir : « Petit malheureux, ne vois-tu pas qu'à rire ainsi et à t'amuser, tu as déjà dans la démarche et dans la huppe et dans la traîne un air de vulgarité ? » Oui, voilà ce qu'elle me disait. Oh ! la vie n'était pas drôle. Et même maintenant, vous ne me croirez peut-être pas, mais je suis encore un régime. Pour ne pas m'alourdir ni perdre l'éclat de mes couleurs, je suis obligé de me rationner au plus juste et de faire de la gymnastique, du sport... Et je ne parle pas des longues heures que je passe à ma toilette.

Sur la prière du cochon, le paon se mit à énumérer par le détail tout ce qu'il faut faire pour être beau et quand il eut parlé une demi-heure, il n'en avait pas seulement dit la moitié. Cependant, d'autres bêtes arrivaient à chaque instant et faisaient cercle autour de lui. Vinrent d'abord les bœufs, puis les moutons, ensuite les vaches, le chat, les poulets, l'âne, le cheval, le canard, un jeune veau, et jusqu'à une petite souris qui se glissa entre les sabots du cheval. Tout le monde se bousculait pour mieux voir et mieux entendre.

— Ne poussez pas ! criait le veau ou l'âne ou le mouton ou n'importe qui. Ne poussez pas. Silence. Ne me marchez donc pas sur les pieds... les plus grands derrière... Allons, desserrez-vous... Silence, on vous dit... Et si je vous flanquais une correction...

— Chut ! faisait le paon, calmons-nous un peu... Je reprends : le matin au réveil, manger un pépin de pomme reinette et boire une gorgée d'eau claire... Vous m'avez bien compris, n'est-ce pas ? Allons, répétez.

— Manger un pépin de pomme reinette et boire une gorgée d'eau claire, disaient en chœur toutes les bêtes de la ferme.

Delphine et Marinette n'osaient pas répéter avec elles, mais jamais à l'école elles n'avaient été aussi attentives qu'elles le furent aux leçons du paon.

Le lendemain matin, les parents furent bien étonnés. Leur surprise commença à l'écurie, tandis qu'ils se préparaient à garnir les mangeoires et les râteliers, comme ils faisaient tous les jours. Le cheval et les bœufs leur dirent avec un peu d'impatience :

— Laissez, laissez, ce n'est pas la peine. Si vous voulez vous rendre utiles, donnez-nous plutôt un pépin de pomme reinette et une gorgée d'eau claire.

— Qu'est-ce que vous dites ? Un pépin de... de...

— De pomme reinette, oui. Nous ne prendrons rien d'autre jusqu'à l'heure du midi, et ce sera ainsi tous les jours.

— Vous pouvez compter, dirent les parents. Ma

foi oui, vous pouvez compter qu'on va vous donner un pépin de pomme reinette. C'est une nourriture qui doit tenir au ventre ! Une nourriture faite pour des bêtes de somme ! Mais assez causé. Voilà le foin, voilà l'avoine et les betteraves. Vous allez nous faire le plaisir de manger. Et point de simagrées.

Quittant l'écurie, les parents s'en allèrent dans la cour donner la pâtée aux poules et à toute la volaille. C'était une excellente pâtée, mais nul ne voulut seulement y goûter.

— Ce qu'il nous faut, dit le coq aux parents, c'est un pépin de pomme reinette et une gorgée d'eau claire. Nous ne voulons rien de plus.

— Encore ce pépin ! Mais qu'est-ce qu'ils ont donc tous à vouloir se nourrir de pépins ? Allons, coq, explique.

— Dites-moi, les parents, demanda le coq, est-ce que vous n'aimeriez pas me voir me pavaner dans la cour avec une huppe sur la tête, et, dressé tout autour de moi, un grand éventail de longues plumes de toutes les couleurs ?

— Non, dirent les parents de mauvaise humeur.

Parle-nous d'un coq au vin. Voila ce que nous aimons et le plumage n'y ajoute rien.

Le coq tourna le dos et dit tout haut en s'adressant aux autres volailles :

— Vous voyez comme ils nous répondent quand on leur parle gentiment.

Les parents s'éloignèrent et tout du même pas s'en furent auprès du cochon lui porter sa nourriture. Mais sitôt qu'il eut senti l'odeur des pommes de terre écrasées, il cria depuis la soue :

— Remportez-moi vite cette pâtée ! Ce qu'il me faut, c'est un pépin de pomme reinette avec une gorgée d'eau claire !

— Toi aussi ? dirent les parents. Mais pourquoi ?

— Mais parce que je veux être beau et si fin, si brillant, que sur mon passage les gens s'arrêtent et se retournent en s'écriant : « Ah ! qu'il est ioli et qu'on aimerait être ce merveilleux cochon qui passe. »

— Mon Dieu, cochon, dirent les parents, il est naturel que tu penses à être beau. Mais pourquoi, justement, ne pas faire ce qu'il faut pour le rester ? Est-ce que tu ne comprends pas qu'être beau, c'est d'abord être gras ?

— A d'autres, fit le cochon. Mais répondez-moi. Oui ou non, voulez-vous me donner un pépin de pomme reinette et une gorgée d'eau claire ?

— Pourquoi pas ? Nous allons y réfléchir et dans quelque temps...

— Ce n'est pas dans quelque temps, c'est tout de suite. Et ce n'est pas tout. Il faudra aussi m'emmener promener tous les matins. Et il faudra me faire faire du sport et surveiller ma nourriture, mon sommeil, mes fréquentations, ma façon de marcher... enfin, tout...

— Entendu. Quand tu auras pris encore une dizaine de kilos, nous commencerons. En attendant, mange ta pâtée.

Après avoir empli l'auge du cochon, les parents gagnèrent la cuisine et là trouvèrent Delphine et Marinette prêtes à partir pour l'école.

— Vous partez déjà ? Tiens, mais... mais vous n'avez pas déjeuné ?

Les petites devinrent toutes rouges et Delphine répondit avec embarras :

— Non, pas faim... trop mangé peut-être hier soir...

— L'air nous fera du bien, ajouta Marinette.

— Hum ! firent les parents. Voilà qui est singulier. Enfin c'est bon...

Et quand les petites furent déjà très loin sur le chemin de l'école, ils avisèrent sur la table de la cuisine deux moitiés d'une pomme reinette à laquelle on avait ôté deux pépins.

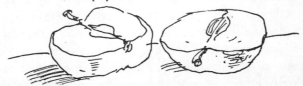

Les bêtes de l'écurie ne purent s'accommoder bien longtemps du régime recommandé par le paon. Un pépin de pomme dans l'estomac d'un bœuf ou d'un cheval est à peu près comme rien. Renonçant à être beau, chacun revint à sa nourriture habituelle et dès le matin du deuxième jour. Il y eut plus de constance chez les bêtes de la basse-cour et quelque temps on put croire qu'elles étaient faites à ce nouveau genre de vie. Toute cette volaille était si coquette qu'elle oublia ses crampes d'estomac pendant plusieurs jours. Les poules, les poulets, le coq, le canard, l'oie elle-même, ne parlaient plus que de leur port de tête, de leur démarche et de la couleur de leurs plumes, au point que plusieurs d'entre les plus jeunes devinrent toutes rêveuses, se plaignant de n'avoir pas la vie convenable à des personnes d'une aussi grande beauté. A les entendre ainsi divaguer, l'oie se reprit tout d'un coup et déclara que ces repas de carême auxquels on s'astreignait n'avaient pas de résultat plus clair que de brouiller la cervelle à quelques pécores en attendant que la basse-cour tout entière en perdît la tête. Quant à la beauté qu'on y avait gagnée, elle voyait surtout des yeux battus, des plumes fatiguées, des cous décharnés, des jabots raplatis. Il y eut plusieurs volailles raisonnables qui l'entendirent tout de suite. D'autres mirent un peu plus longtemps. Le coq demeura ferme partisan du régime pépin et avec lui un groupe de poulets qui admiraient beaucoup ses manières. Ils le demeurèrent ensemble jusqu'au jour où, s'étant évanoui dans la cour tant il avait faim, le coq entendit la voix des parents qui parlaient ainsi : « Dépêchons-nous de le saigner pour qu'il soit encore bon à manger », dont il eut si grande peur qu'il se leva tout d'un bond et partit du même pour aller manger grains et pâtée, et

en mangea tant, pauvre coq, ce jour-là et les suivants, qu'il eut plusieurs fois des indigestions et les poulets aussi.

Passé quinze jours, le cochon resta seul de tous les animaux à suivre le régime. Dans toute une journée, il mangeait à peine de quoi nourrir un poulet en bas âge, ce qui ne l'empêchait pas de faire de longues promenades à pied, de la gymnastique et du sport en toutes manières. En une semaine, il avait perdu trente livres. Les autres bêtes le pressaient de se remettre à une nourriture plus abondante, mais c'était comme s'il n'entendait pas, ne faisant que leur demander : « Comment me trouvez-vous ? » A quoi répondaient les bêtes toutes navrées :

— Bien maigre, mon pauvre cochon. Ta peau fait des plis, des rides et des poches, que c'est une pitié.

— Allons, tant mieux, disait le cochon. Mais je n'ai pas fini de vous étonner.

Il clignait de l'œil et demandait en baissant la voix.

— A propos ! faites-moi donc le plaisir de regarder sur le dessus de ma tête...

— Quelque chose qui pousse... comme une huppe.

— Mais non, il n'y a rien du tout...

— Tiens, c'est drôle, faisait le cochon. Et ma traîne ? La voyez-vous ?

— Sans doute veux-tu parler de ta queue ? Alors, il s'agit bien de traîne ! Plus que jamais elle est en forme de tire-bouchon.

— Tiens, c'est drôle. Peut-être que je ne fais pas assez de sport... ou bien que je mange encore trop... Je vais me surveiller, soyez tranquilles.

Le voyant encore plus maigre de jour en jour, Delphine et Marinette n'avaient presque plus envie d'être belles. Du moins entendaient-elles ne pas trop jeûner. Le régime du paon, qu'elles avaient d'abord voulu suivre en cachette des parents, ne les tentait plus guère. Enfin, les conseils de l'oie firent beaucoup pour les en détourner. Lorsqu'elle entendait les petites parler de leur taille et des grammes qu'elles espéraient perdre, elle leur répétait :

— Voyez dans quel état s'est mis notre malheureux cochon pour n'avoir pas mangé à son appétit. Voulez-vous comme lui avoir de la peau qui pende et de pauvres crayons flageolants en place de vos bonnes jambes ? Non, croyez-moi, tout ça n'est pas raisonnable. Et tenez, moi qui suis assez bien faite de ma personne et très joliment emplumée, je peux bien vous le dire : la beauté ne remplit pas la vie et il vaut mieux pour vous de savoir ourler des torchons que d'avoir sur le dos des grandes plumes de toutes les couleurs.

— Bien sûr, répondaient les petites, c'est vous qui avez raison.

Un jour, le cochon, après un exercice de gymnastique, se reposait auprès du puits et comme il demandait au chat qui ronronnait sur la margelle s'il voyait pousser sa huppe, celui-ci eut pitié et feignant d'y regarder de tout près, répondit :

— En effet, il me semble apercevoir quelque chose. Ce n'est bien sûr qu'un début, mais on dirait une promesse de huppe.

— Enfin ! cria le cochon. La voilà qui pousse ! On l'aperçoit déjà ! Je suis heureux... Et ma traîne, chat, la vois-tu aussi ?

— Ta traîne ! Mon Dieu... je dois dire...

— Comment ! Comment !

Et le cochon parut si bouleversé que le chat se reprit aussitôt :

— A la vérité, ce n'est pas encore une traîne, mais c'est déjà un très joli balai qui n'a pas fini de pousser.

— Bien sûr, il faut qu'elle grandisse encore, convint le cochon.

— Oui, oui, approuva le chat. Mais elle ne grandira que si tu manges beaucoup. Et pour la huppe, c'est la même chose. Le régime du paon, c'était excellent pour tout mettre en train, mais maintenant que la huppe et la traîne sont sorties, il s'agit de les alimenter.

— C'est pourtant vrai, fit le cochon. Je n'y avais pas pensé.

Et aussitôt il courut à son auge où il mangea tant qu'il y eut et après s'en alla auprès des parents pour avoir encore.

Quand il fut enfin rassasié, il se mit à gambader par la cour en criant à tue-tête :

— J'ai une huppe ! J'ai une traîne ! J'ai une huppe ! J'ai une traîne !

Les bêtes de la ferme essayaient de le détromper, mais il les accusait d'être jalouses ou d'avoir les yeux dans leurs poches. Le lendemain, il eut une longue discussion avec le coq et celui-ci, lassé par son entêtement, abandonna la partie en soupirant :

— Il est fou... il est complètement fou...

Les témoins, qui étaient nombreux, éclatèrent d'un grand rire dont le cochon se trouva tout décontenancé. Durant plus d'une heure, une couvée de poussins s'attacha à ses pas en piaillant :

— Il est fou !... Au fou !... Il est fou !...

Et les autres volailles ne se tenaient pas de ricaner et d'avoir des mots désobligeants quand il passait

devant elles. Dès lors, le cochon s'abstint de parler à personne de sa huppe ou de sa traîne. Quand il traversait la cour, il allait toujours la tête en arrière, tellement rengorgé qu'on se demandait s'il n'avait pas avalé un os qui lui fût resté en travers du gosier, et si quelqu'un venait à passer derrière lui, même à bonne distance, il faisait vivement un saut en avant, comme s'il eût craint qu'on lui marchât sur la queue. L'oie le montrait alors aux deux petites, leur disant :

— Vous voyez ce qui arrive quand on est trop occupé de sa beauté. On devient fou comme le cochon.

Les petites, en l'entendant parler ainsi, plaignaient leur pauvre cousine Flora qui devait avoir perdu la tête depuis longtemps. Pourtant, Marinette, qui était un peu plus blonde que sa sœur, ne pouvait pas s'empêcher d'admirer le cochon.

Un matin de soleil, le cochon partit pour une longue promenade dans la campagne. Au retour, le temps se couvrit et il y eut de grands éclairs au-dessus de lui, de quoi il ne fut pas surpris, pensant apercevoir sa huppe balancée sur sa tête par le vent. Il trouva toutefois qu'elle avait beaucoup grandi et qu'elle était maintenant aussi importante qu'on pouvait souhaiter. Cependant, la pluie se mit à tomber très serrée et il se réfugia un moment sous un arbre en prenant garde à baisser la tête pour ne pas abîmer sa huppe.

Le vent s'étant apaisé et la pluie tombant moins serrée, le cochon se remit en marche. Lorsque la ferme fut en vue, à peine tombait-il encore quelques gouttes et le soleil passait déjà entre les nuages. Delphine et Marinette sortaient de la cuisine en même temps que leurs parents, et la volaille quittait la remise où elle avait trouvé abri. Au moment où le cochon allait entrer dans la cour, les petites pointèrent le doigt dans sa direction en criant :

— Un arc-en-ciel ! Ah ! qu'il est beau !

Le cochon tourna la tête et à son tour poussa un cri. Derrière lui, il apercevait sa traîne déployée en un immense éventail.

— Regardez ! dit-il. Je fais la roue !

Delphine et Marinette échangèrent un regard attristé, tandis que les bêtes de la basse-cour parlaient entre elles à voix basse en hochant la tête.

— Allons, assez de comédie, firent les parents. Rentre dans ta soue. Il est l'heure.

Rentre dans ta soue.

— Rentrer ? dit le cochon. Vous voyez bien que je ne peux pas. Ma roue est trop large pour que je puisse pénétrer seulement dans la cour. Elle ne passera jamais entre ces deux arbres.

Les parents eurent un mouvement d'impatience. Ils parlaient déjà de prendre une trique, mais les petites s'approchèrent du cochon et lui dirent avec amitié :

— Tu n'as qu'à refermer tes plumes. Ta traîne passera facilement.

— Tiens, c'est vrai, fit le cochon. Je n'y aurais pas pensé. Vous comprenez, le manque d'habitude...

Il fit un grand effort qui lui creusa l'échine. Derrière lui, l'arc-en-ciel fondit tout d'un coup et se déposa sur sa peau en couleurs si tendres, et si vives aussi, que les plumes du paon eussent été comme une grisaille.

Table des matières

Marcel Aymé

Les contes rouges
du chat perché

Supplément réalisé par
Christian Biet,
Jean-Paul Brighelli,
Laure Feller
et Jean-Luc Rispail

Illustrations de Philippe Munch

ÊTES-VOUS PLUTÔT UN RAT DES VILLES OU UN RAT DES CHAMPS ?

Aimeriez-vous, comme Delphine et Marinette, vivre à la campagne, dans une ferme pleine d'animaux, ou, comme leur cousine Flora, en ville ? Chaque situation a des avantages et des inconvénients... Pour savoir si vous seriez heureux au milieu des champs, ou si la vie citadine vous conviendrait mieux, répondez aux questions de ce test. Comptez ensuite le nombre de △, ○, □ obtenus et reportez-vous aux explications figurant à la fin de ce livre. Vous découvrirez alors si vous êtes plutôt un rat des villes ou un rat des champs...

1. *Vos parents veulent vous offrir un animal de compagnie, lequel choisissez-vous ?*
A. Un chien △ ○
B. Un chat ○ ○
C. Un canari □ □

2. *Des trois noms suivants, lequel est une plante ?*
A. La passementerie □ □
B. Le passereau △ △
C. La passiflore ○ ○

3. *La fauvette est :*
A. Une couleur proche du roux □ □
B. Un oiseau ○ ○
C. Une petite lionne △ △

4. *De ces trois plats, lequel préférez-vous ?*
A. Une choucroute ○ △
B. Un couscous □ △
C. Un steak frites □ □

5. *Qu'est-ce qu'un cheval d'arçons ?*
A. Un cheval de labour □
B. Un appareil de gymnastique △ ○
C. Un cheval de manège □ △

6. *A l'étable, les vaches mangent :*
A. De l'herbe fraîche △ □
B. Du foin ○ ○
C. De la pâtée □ □

7. *Un sabot, pour vous, c'est avant tout :*
A. Une chaussure de bois ○ ○
B. Le « pied » du cheval △ □
C. Une pince servant à bloquer la roue d'un véhicule en défaut de stationnement □ □

8. *Les hirondelles se réunissent sur les fils télégraphiques :*
A. En hiver □ □
B. En été □ △
C. En automne ○ ○

9. *De ces trois proverbes, un seul est correct ; lequel ?*
A. « Pluie en novembre, Noël en décembre. » ○
B. « Quand il pleut à la Saint-Médard, il pleut 40 jours plus tard. » ○ ○
C. « Noël au tison, Pâques au balcon. » △

10. *Invité en week-end à la campagne au mois de mai, vous emportez :*
A. Un imperméable et des bottes △ □
B. Un maillot de bain et une serviette □ □
C. Des chaussures plates et un pull ○ ○

11. *Parmi les trois phrases suivantes, laquelle vous plaît le plus ?*
A. La nuit tombait ; les oiseaux s'étaient tus ; le grand silence de la forêt s'étendait sur les champs environnants ○ ○
B. La nuit tombait ; des lumières s'allumaient ici et là ; la ville bruissait des mille rumeurs du soir □ □
C. La nuit tombait ; le vent avait cessé et l'on n'entendait plus que le ressac lent et doux des vagues contre les rochers △ △

12. *Blé et vigne : à quelle époque de l'année se font récolte et vendange ?*
A. Blé en mars, vigne en octobre-novembre □ □
B. Blé en juillet, vigne en avril-mai △ □
C. Blé en juillet-août, vigne en septembre-octobre ○ ○

Solutions page 217

1
LA PATTE DU CHAT

Avez-vous bien lu ce conte ?

Cochez chaque réponse qui vous semble juste puis reportez-vous à la page des solutions pour savoir si votre mémoire vous a été fidèle. Bien entendu, vous n'avez pas le droit de consulter le livre pour répondre aux questions.

1. *Le chat s'appelle :*
A. Auguste
B. Alphonse
C. Amédée

2. *Pour faire pleuvoir, il passe sa patte :*
A. Derrière son oreille
B. Sur son nez
C. Sous son menton

3. *Grâce à lui, il pleut pendant :*
A. Quinze jours
B. Deux mois
C. Huit jours

4. *Que doivent-elles porter chez la tante Mélina ?*
A. Un fromage de chèvre
B. Un pot de confiture
C. Des œufs frais

5. *Delphine et Marinette cassent :*
A. Un plat de faïence
B. Une assiette en porcelaine
C. Un vase de cristal

6. *Les fillettes vont d'abord demander conseil :*
A. Au cheval
B. Au canard
C. Au chien

7. *Qui propose de prendre la place du chat dans le sac ?*
A. Le coq
B. Le cochon
C. Le cheval

8. *Les parents frappent le chat dans le sac avec :*
A. Une bûche
B. Le poing
C. Un balai

9. *Ils vont jeter le sac :*
A. Dans la rivière
B. Dans le fleuve
C. Dans l'étang

10. *La sécheresse dure :*
A. Trois semaines
B. Un mois
C. Vingt-cinq jours

11. *Quand les parents découvrent le chat, ils sont :*
A. Heureux
B. En colère
C. Embarrassés

12. *A la fin du conte, la tante Mélina :*
A. Vient les voir
B. Se marie
C. Meurt

Solutions page 217

Superstitions...

Croire qu'il va pleuvoir parce que le chat passe sa patte derrière son oreille, c'est de la superstition. Voici la définition du mot : « Déviation du sentiment religieux, fondée sur la crainte ou l'ignorance et qui prête un caractère sacré à certaines pratiques, obligations, etc. — Croyance à divers présages tirés d'événements purement fortuits. » (*Petit Larousse illustré*, 1986.)

Connaissez-vous d'autres superstitions ? Lesquelles ?
Voici à présent une liste de douze actions ou situations : onze d'entre elles sont réputées porter malheur. Quelle est celle qui ne correspond à aucune superstition ?

1. Croiser un chat noir
2. Passer sous une échelle
3. Renverser du sel
4. Cirer ses chaussures un soir de pleine lune
5. Croiser des couteaux
6. Poser le pain à l'envers
7. Enfiler un vêtement à l'envers
8. Poser des chaussures sur une table
9. Ouvrir un parapluie dans une maison
10. Porter la couleur verte
11. Offrir un objet pointu ou coupant
12. Etre treize à table

Solutions page 218

2
LES VACHES

Les gens du voyage

« Des romanichels avaient dételé le cheval de leur roulotte... » (p. 36)

1. Savez-vous ce que sont des romanichels ? Quels autres noms leur donne-t-on ?

2. Tout le monde n'habite pas dans une maison ; dans tous les pays, et à toutes les époques, il existe ou il a existé des populations nomades, par opposition aux peuples sédentaires.

Parmi les peuples suivants, sauriez-vous distinguer les nomades des sédentaires ?

- Touaregs (sud du Sahara)
- Esquimaux (Groenland et continent Arctique)
- Berbères (Afrique du Nord)
- Peuls (Afrique noire)
- Bédouins (Sahara)
- Tsiganes (Europe centrale)
- Incas (Amérique centrale)
- Mélanésiens (Océanie)

Solutions page 218

A quel titre ?

Les vaches : ce titre, comme tous ceux des contes de Marcel Aymé, renvoie simplement aux principaux personnages de l'histoire ; mais ne pourriez-vous pas en trouver un autre plus amusant ? Voici comment procéder :

1. Faites la liste de tous les personnages du conte et soulignez ceux qui vous semblent les plus importants.

2. Faites la liste des verbes qui relient ces personnages entre eux. En voici quelques-uns à titre d'exemple : chercher, trouver, tromper, imiter, voler, mentir, aider, réfléchir, croire, punir, avoir peur...

3. Résumez, avec les mots que vous venez de sélectionner, le conte entier en dix phrases, puis en cinq.

4. Dans votre résumé, vous devez avoir au moins le nom des personnages suivants : Delphine et Marinette, les vaches, Cornette, le canard ou le chien, les parents et les fermiers. Donnez à chacun une qualité ou un défaut et remplacez son nom par cette qualité ou ce défaut dans votre résumé.

5. Choisissez les noms les plus amusants et arrangez-les en forme de titre pour ce conte ; attention, votre titre ne doit pas dépasser douze mots !

Seriez-vous un bon détective ?

1. *L'enquête du cochon*
Comment le cochon procède-t-il pour mener son enquête ?
Sa fausse barbe est-elle indispensable ?
Agiriez-vous comme lui pour trouver le coupable ?
A votre avis, quel genre de romans policiers a-t-il lu ?

2. *Jouez au détective*
Exercez votre sagacité et votre sens de la déduction en cherchant la solution de ces énigmes.

a) X est belge et a trois sœurs. Pourtant aucune des trois n'a de frère. Comment cela est-il possible ?

b) Un monsieur se promène en voiture avec son fils. Ils ont un accident et le petit garçon est transporté à l'hôpital pour y être opéré ; son père attend dans le couloir. Le chirurgien arrive, mais dit en voyant l'enfant : « Je ne peux pas l'opérer, car c'est mon fils. » Comment cela est-il possible ?

3. *Rébus*
Voici un proverbe qui illustre bien la moralité de ce conte.

3
LE CHIEN

Ouvrez l'œil

Cette histoire se compose de cinq parties. Dans chacune apparaît un couple formé d'un aveugle et d'un voyant :

1. L'homme aveugle et le chien
2. Le chien aveugle et le chat
3. Le chat aveugle et la souris
4. La souris aveugle et l'homme
5. L'homme aveugle et le chien

Que remarquez-vous entre le début et la fin du texte ?
- A quelle condition le mal peut-il être transmis d'un personnage à un autre ?
- Que pensez-vous de la conclusion de ce conte ?

Le cercle infernal

Ce conte est « circulaire » : à la fin du récit on en revient, en effet, à la situation de départ. A vous, maintenant, d'écrire un conte de ce genre.

a) Les ingrédients :
- cinq personnages (humains ou animaux).
- quelque chose dont personne ne veut (bicyclette rouillée, chat pelé, stylo qui fuit, etc.), ou que tout le monde désire (trésor, objet magique, boucles d'oreilles de la voisine...).
- un sentiment qui permet de se débarrasser ou de se procurer ce quelque chose (répulsion, envie, besoin, dédain...).

b) La recette :
Imaginons que l'un des cinq personnages veuille se débarrasser du pauvre chat pelé pour une raison qu'il vous sera facile d'imaginer. Il rencontre un autre personnage, et lui donne le chat grâce au sentiment défini en a). Cet autre personnage doit, à son tour, se débarrasser de l'animal... et ainsi de suite jusqu'au cinquième personnage qui devra faire retourner le brave chat chez son propriétaire d'origine.

4
LES BOITES DE PEINTURE
Et vous, savez-vous dessiner ?

Delphine et Marinette ne savent pas bien dessiner les animaux de la ferme... Elles apprennent ainsi à leurs dépens les lois de la perspective et des proportions. Et vous, savez-vous dessiner ?

1. Entraînez-vous d'abord à représenter les animaux et les personnages de cette histoire (il y en a douze).

2. Classez-les ensuite en trois catégories : principaux, secondaires et figurants.

3. Dessinez enfin les douze personnages en mettant au premier plan et en plus gros les personnages principaux, au deuxième plan les personnages secondaires, et au troisième plan les figurants.

4. Avez-vous dessiné au crayon, à la plume, en utilisant des couleurs ? A propos de couleurs, pourriez-vous, très rapidement :
a) énoncer les couleurs de l'arc-en-ciel ?
b) dire quelles sont les couleurs primaires ?
c) donner le résultat des additions suivantes : bleu + jaune ; jaune + rouge ; rouge + bleu.

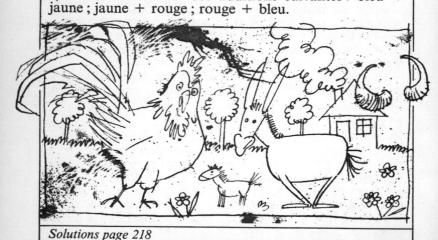

Solutions page 218

Jouons aux devinettes

Dans des temps très anciens, un monstre abominable dévorait sur-le-champ ceux qui ne trouvaient pas la solution de l'énigme suivante :

« Quel est l'être doué de la voix qui a quatre pieds le matin, deux à midi et trois le soir ? »

1. *Connaissez-vous la réponse ?*

2. *Qui posait cette énigme ?*

3. *Qui a, le premier, trouvé la solution ?*

4. *Que s'est-il alors passé ?*

Sur ce modèle, fabriquez vous-même une devinette, et posez-la à votre entourage.

Solutions page 218

Delphine   Marinette

Connaissez-vous
le sens de ces expressions ?

Tous les animaux de ce conte apparaissent dans des expressions courantes de la langue française, pouvez-vous retrouver la définition de chacune d'elles ?

1. Un âne bâté
2. Un coq en pâte
3. Cochon qui s'en dédit
4. Monter sur ses grands chevaux
5. Ce musicien fait des canards
6. Un temps à ne pas mettre un chien dehors
7. Un œil-de-bœuf

A. Un temps froid et pluvieux
B. Une personne obstinée
C. Se mettre en colère
D. Celui qui reprend sa parole est à blâmer
E. Personne heureuse et choyée
F. Petite fenêtre ronde
G. Il joue faux

Solutions page 219

Quand le coq se pavane...

« Longuement, il vanta son plumage, sa crête, son panache... » (p. 93). Le coq est un animal très vaniteux, sauriez-vous écrire son discours au style direct ? Insistez sur
sa vanité en lui faisant mettre en valeur son apparence
physique et son caractère par rapport à d'autres animaux,
comme dans le modèle proposé ci-dessous.

« Mon chant est vraiment le plus harmonieux de toute la
création ; ce n'est pas comme le cochon, avec ses grognements affreux qui ne veulent rien dire. Moi, au contraire,
j'annonce le lever du jour... »

Avez-vous la mémoire des chiffres ?

Voici quelques questions qui font appel à votre mémoire
des chiffres. Répondez-y sans consulter le texte et reportez-vous aux solutions figurant à la fin de ce livre. Vous
saurez alors si votre mémoire des chiffres est bonne,
moyenne ou... mauvaise !

1. *Sur combien de temps (nombre de jours ou d'heures) se
déroule l'action de cette histoire ?*

2. *En combien de lieux différents ?*

3. *Combien de fois les parents interviennent-ils dans l'histoire ?*

4. *Combien d'animaux se chargent de couper du trèfle et de
cueillir des haricots ?*

5. *Combien d'animaux différents les fillettes peignent-
elles ?*

6. *A combien de mètres est située la voiture des parents
lorsque l'âne retrouve ses jambes ?*

7. *Et lorsque le cheval retrouve sa taille ?*

Solutions page 219

5
LES BŒUFS

Avez-vous bien lu ce conte ?

Répondez aux questions suivantes pour savoir ce que vous avez retenu de ce conte.

1. *Quels prix ont obtenus Delphine et Marinette ?*

2. *Qui prononce un discours en leur honneur ?*

3. *Que veut enseigner le bœuf roux aux deux fillettes ?*

4. *De qui est le poème que récite le bœuf blanc ?*

5. *Quel problème d'arithmétique le bœuf trouve-t-il « intéressant » ?*

6. *Quelle règle de grammaire le bœuf connaît-il par cœur ?*

7. *Quels ouvrages apprend-il par cœur avec joie ?*

8. *Comment s'obtient la surface d'un rectangle ?*

9. *Où le Rhin prend-il sa source ?*

10. *Qui vainquit les Arabes à Poitiers en 732 ?*

11. *Qui sont les deux plus grands capitaines de tous les temps ?*

12. *Quelle discipline le bœuf choisit-il finalement d'étudier ?*

Rendez à Victor...

« Le maître ne savait pas que ce fussent là des vers de Victor Hugo. » (p. 122).
Et vous, connaissez-vous Victor Hugo ?

1. *Laquelle de ces œuvres n'a-t-il pas écrite ?*
   - Les Misérables
   - Notre-Dame de Paris
   - Hernani
   - Les Châtiments
   - Le Rouge et le Noir
   - Ruy Blas

2. *Victor Hugo a vécu :*
   - de 1802 à 1885 ?
   - de 1806 à 1886 ?
   - de 1794 à 1885 ?
   - de 1802 à 1895 ?

Solutions page 220

Mots croisés

Horizontalement
I. Ce sont les héros de cette histoire – II. C'est la première chose que le bœuf apprend – III. Champion – IV. Ensemble des oiseaux d'un même nid – V. Abréviation de confer – Cycles de 365 jours et 6 heures.

Verticalement
1. C'est la couleur du bœuf savant – 2. Paresseux – 3. Infinitif des verbes du premier groupe – 4. Fin de charrue – Exclamation – 5. Ce petit mot remplace parfois « dans » – 6. Les petites filles ne le sont pas toujours.

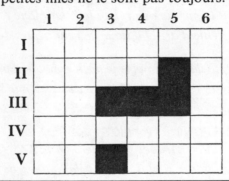

Solutions page 220

Un bœuf en 1670

Pour raconter l'apprentissage du bœuf blanc, Marcel Aymé s'est inspiré d'une scène de la comédie de Molière, *Le Bourgeois gentilhomme* (1670).

1. Sauriez-vous retrouver cette scène entre le héros, M. Jourdain, et le maître de philosophie ?
2. Quelles phrases a conservées Marcel Aymé ? Sous quelle forme ? Comment les a-t-il adaptées et transposées ?

6
LE PROBLÈME

Avez-vous bien lu ce conte ?

Répondez à chacune des questions suivantes pour savoir si vous avez lu ce conte avec suffisamment d'attention.

1. *Combien le sanglier a-t-il de marcassins ?*
A. Une dizaine
B. Une demi-douzaine
C. Une douzaine

2. *A qui demande-t-il de recompter les arbres ?*
A. Aux hiboux
B. Aux écureuils
C. Aux oiseaux

3. *Qui donne l'ordre du rassemblement des animaux ?*
A. Le cheval
B. Le chien
C. Le cochon

4. *Dans les bois, les fillettes doivent compter :*
A. Des feuilles
B. Des arbres
C. Des fleurs

5. *Qui a mal à la tête à force de réfléchir ?*
A. Les oies
B. Les poules
C. Les vaches

6. *La poule blanche arrive en retard pour cause de :*
A. Repas tardif
B. Sieste
C. Œuf à pondre

7. *La poule se dispute avec :*
A. Les marcassins
B. Le sanglier
C. Le cochon

8. *Au lieu de faire leur problème, les fillettes ont dessiné :*
A. Un chien et un pantin
B. Un pantin et un paysage
C. Un canard

9. *Qui prend la défense des fillettes devant les parents ?*
A. Le chat
B. Le canard
C. Le chien

10. *Le sanglier habite une bauge. Et le cochon ?*
A. Une étable
B. Une soue
C. Une écurie

11. *Qui conteste en premier les paroles de la maîtresse ?*
A. La poule
B. Le sanglier
C. Le cochon

12. *Quelle récompense obtient la poule à l'école ?*
A. Un bon point
B. Une médaille
C. La croix d'honneur

Solutions page 221

Un peu d'histoire de France

« La maîtresse parla du XVᵉ siècle, et particulièrement du roi Louis XI... » (p. 160)
Connaissez-vous les rois ou les empereurs de France ?

1. *Sauriez-vous rendre à chaque souverain ses paroles ?*

A. « Souvent femme varie, bien fol est qui s'y fie. »
B. « Souviens-toi du vase de Soissons. »
C. « Du haut de ces pyramides, quarante siècles nous contemplent. »
D. « L'Etat, c'est moi. »
E. « Ralliez-vous à mon panache blanc. »

1. Henri IV
2. Louis XIV
3. François Iᵉʳ
4. Clovis
5. Napoléon Iᵉʳ

2. *Voici les dates de leurs règnes. Rendez à chacun celles qui lui conviennent.*

A. 1515-1547
B. 1589-1610
C. 481-511
D. 1643-1715
E. 1804-1815

3. *Enfin, ces rois avaient des reines. Moins célèbres, elles n'en font pas moins partie de notre histoire. Sauriez-vous attribuer à chaque souverain son (ses) épouse(s) ?*

1. Marie-Thérèse d'Autriche
2. Claude de France
3. Marguerite de Valois
4. Joséphine de Beauharnais
5. Marie-Louise de Habsbourg-Lorraine
6. Clotilde

A. Clovis
B. Napoléon Ier
C. Louis XIV
D. Henri IV
E. François Ier

Solutions page 221

Mots brouillés

Dans cette grille se cachent les noms de la liste ci-dessous ; à vous de les retrouver, en sachant que l'on peut les lire dans tous les sens (de gauche à droite, de droite à gauche, de haut en bas, de bas en haut, et en diagonale). Quand vous les aurez tous retrouvés, il restera une lettre « morte » ; c'est l'initiale d'un empereur français du IXe siècle...

Alpes - Aoste - Arc - Cahors - Cinto - Corse - Eire - France - Henri - Louisiana - Nevers - Nord - Rhin - Rhône - Rouen - Soho - Venise - Vire.

```
F R A N C E E S R O C
H O L O U I S I A N A
E U P R S O N E R R H
N E E D H T R T C E O
R N S O C I E N O H R
I S R E V E N I S E S
```

Solutions page 221

7
LE PAON
Une lettre de trop ?

Au siècle dernier, des gens bien intentionnés proposèrent de supprimer le o de *paon*, puisque, après tout, on ne le prononçait pas. Le poète Leconte de Lisle s'écria : « Si vous enlevez le o du paon je ne le verrai plus jamais faire la roue ! » Voici une liste de mots où une lettre ne se prononce pas. Saurez-vous trouver une aussi jolie raison de conserver leur orthographe originelle ?

cœur - rancœur - sœur - taon - faon - oignon - loup

Feriez-vous un bon journaliste ?

Le discours du paon (p. 177) n'est pas sans rappeler les interviews de « stars » que l'on trouve dans les magazines. On leur pose toujours des questions sur leur vie, les secrets de leur beauté et de leur forme...

a) Voici, tout d'abord, les questions usuelles à poser à une personne de votre entourage qui se trouve particulièrement belle ou intelligente.

- Comment faites-vous pour être si élégante, belle, musclée, etc. ?
- Avez-vous un « truc » pour rester mince ?
- Où allez-vous en vacances pour bronzer si intensément ?
- Comment expliquez-vous que, dans un salon, tous les regards se tournent vers vous ?

b) Nous vous suggérons maintenant quelques questions (mais trouvez-en d'autres !) visant, elles, à « déranger » la star. Vous pouvez bien sûr mélanger les deux séries.

- Quand vous constatez le matin que vous avez un kilo de plus que la veille, que ressentez-vous ? Que faites-vous ?
- Vous consacrez maintenant votre vie aux animaux. Est-ce parce que les hommes ne vous ont jamais trouvée assez intelligente ?

c) Comment rédiger votre interview : sans en changer le sens, vous devez, en bon journaliste, rendre ces réponses grammaticalement correctes. Eliminez les fautes d'expression, les hésitations, évitez les répétitions, etc.

Qui est beau ?

Dans ce conte, l'unanimité se fait sur le paon, qui arrive à imposer à tous ses critères de beauté (la huppe et la traîne) et son régime (pépins de pomme et gorgée d'eau). Mais est-il bien évident que le paon soit le plus beau ? Et si chacun se trouvait le plus beau, ce serait sur quels critères, et grâce à quel régime ?

Acteurs	Critères	Régime
Le coq		
L'oie		
Le cochon		
Le chat		
Delphine		
Vous		

8
LES ANIMAUX QUI PARLENT DANS LA LITTÉRATURE

Fables

*La Fontaine est le plus célèbre des écrivains animaliers.
Dans ses* Fables, *les animaux ont quelquefois affaire aux
hommes ou aux dieux. Cela ne leur porte guère bonheur,
comme on le verra dans ces fables. Mais, en leur donnant la
parole, le poète leur permet d'énoncer quelques vérités.*

Le Paon se plaignant à Junon

« Le Paon se plaignoit à Junon.
"Déesse, disoit-il, ce n'est pas sans raison
   Que je me plains, que je murmure :
   Le chant dont vous m'avez fait don
   Déplaît à toute la nature ;
Au lieu qu'un Rossignol, chétive créature,
   Forme des sons aussi doux qu'éclatants,
   Est lui seul l'honneur du printemps."
   Junon répondit en colère :
"Oiseau jaloux, et qui devrois te taire,
Est-ce à toi d'envier la voix du Rossignol,
Toi que l'on voit porter à l'entour de ton col
Un arc-en-ciel nué de cent sortes de soies ;
   Qui te panades , qui déploies
Une si riche queue, et qui semble à nos yeux
   La boutique d'un lapidaire ?
   Est-il quelque oiseau sous les cieux
   Plus que toi capable de plaire ?
Tout animal n'a pas toutes propriétés.
Nous vous avons donné diverses qualités :
Les uns ont la grandeur et la force en partage ;
Le Faucon est léger, l'Aigle plein de courage ;
   Le Corbeau sert pour le présage ;
La Corneille avertit des malheurs à venir ;
   Tous sont contents de leur ramage.
Cesse donc de te plaindre, ou bien, pour te punir,
   Je t'ôterai ton plumage." »

Jean de La Fontaine
Fables, II, 17

Le Petit Poisson et le Pêcheur

« Petit poisson deviendra grand,
Pourvu que Dieu lui prête vie ;
Mais le lâcher en attendant,
Je tiens pour moi que c'est folie :
Car de le rattraper il n'est pas trop certain.

Un Carpeau, qui n'étoit encore que fretin,
Fut pris par un pêcheur au bord d'une rivière.
"Tout fait nombre, dit l'homme en voyant son butin ;
Voilà commencement de chère et de festin :
   Mettons-le en notre gibecière."
Le pauvre Carpillon lui dit en sa manière :
"Que ferez-vous de moi ? je ne saurois fournir
   Au plus qu'une demi-bouchée.
   Laissez-moi carpe devenir :
   Je serai par vous repêchée ;
Quelque gros partisan m'achètera bien cher :
   Au lieu qu'il vous en faut chercher
   Peut-être encor cent de ma taille
Pour faire un plat : quel plat ? croyez-moi, rien qui vaille.
— Rien qui vaille ? Eh bien ! soit, repartit le Pêcheur :
Poisson, mon bel ami, qui faites le prêcheur,
Vous irez dans la poêle ; et vous avez beau dire,
   Dès ce soir on vous fera frire."

Un Tiens vaut, ce dit-on, mieux que deux Tu l'auras :
   L'un est sûr, l'autre ne l'est pas. »

Jean de La Fontaine,
Fables, V, 3

Lettres de mon moulin

Chez Daudet, ce ne sont pas seulement les animaux qui parlent. Toute la nature, ainsi, murmure au sous-préfet de douces paroles qui lui feront oublier tout son sérieux...

« Le petit bois de chênes verts semble lui faire signe :

— Venez donc par ici, monsieur le sous-préfet ; pour composer votre discours, vous serez beaucoup mieux sous mes arbres...

M. le sous-préfet est séduit ; il saute à bas de sa calèche, et dit à ses gens de l'attendre, qu'il va composer son discours dans le petit bois de chênes verts.

Dans le petit bois de chênes verts il y a des oiseaux, des violettes et des sources sous l'herbe fine... Quand ils ont aperçu M. le sous-préfet avec sa belle culotte et sa serviette en chagrin gaufré, les oiseaux ont eu peur et se sont arrêtés de chanter, les sources n'ont plus osé faire de bruit, et les violettes se sont cachées dans le gazon... Tout ce petit monde-là n'a jamais vu de sous-préfet, et se demande à voix basse quel est ce beau seigneur qui se promène en culotte d'argent.

A voix basse, sous la feuillée, on se demande quel est ce beau seigneur en culotte d'argent... Pendant ce temps-là, M. le sous-préfet, ravi du silence et de la fraîcheur du bois, relève les pans de son habit, pose son claque sur l'herbe et s'assied dans la mousse au pied d'un jeune chêne ; puis il ouvre sur ses genoux sa grande serviette de chagrin gaufré et en tire une large feuille de papier ministre.

— C'est un artiste ! dit la fauvette !

— Non, dit le bouvreuil, ce n'est pas un artiste, puisqu'il a une culotte en argent ; c'est plutôt un prince.

— C'est plutôt un prince, dit le bouvreuil.

— Ni un artiste, ni un prince, interrompt un vieux rossignol, qui a chanté toute une saison dans les jardins de la sous-préfecture... Je sais ce que c'est : c'est un sous-préfet !

Et tout le petit bois va chuchotant .

— C'est un sous-préfet ! c'est un sous-préfet !

— Comme il est chauve ! remarque une alouette a grande huppe !

Les violettes demandent :

— Est-ce que c'est méchant ?

— Est-ce que c'est méchant ? demandent les violettes.

Le vieux rossignol répond :

— Pas du tout !

Et sur cette assurance, les oiseaux se remettent à chanter, les sources à courir, les violettes à embaumer, comme si le monsieur n'était pas là... Impassible au milieu de tout ce joli tapage, M. le sous-préfet invoque dans son cœur la Muse des comices agricoles, et, le crayon levé, commence à déclamer de sa voix de cérémonie :

— Messieurs et chers administrés...

— Messieurs et chers administrés, dit le sous-préfet de sa voix de cérémonie...

Un éclat de rire l'interrompt ; il se retourne et ne voit rien qu'un gros pivert qui le regarde en riant, perché sur son claque. Le sous-préfet hausse les épaules et veut continuer son discours ; mais le pivert l'interrompt encore et lui crie de loin :

— A quoi bon ?

— Comment ! à quoi bon ? dit le sous-préfet, qui devient tout rouge ; et, chassant d'un geste cette bête effrontée, il reprend de plus belle :

— Messieurs et chers administrés... »

Alphonse Daudet,
Lettres de mon moulin

Jonathan Livingston
le Goéland

Dans la société des goélands, symbolisant celle des hommes, Jonathan Livingston est un être exceptionnel qui cherche à toujours s'améliorer. Cette singularité lui vaut d'être rejeté par ses semblables...

« Jonathan Livingston le Goéland aimait par-dessus tout à voler.

Cette façon d'envisager les choses - il ne devait pas tarder à s'en apercevoir à ses dépens - n'est pas la bonne pour être populaire parmi les autres oiseaux du clan. Ses parents eux-mêmes étaient consternés de voir Jonathan passer des journées entières, solitaire, à effectuer des centaines de planés à basse altitude, à expérimenter toujours.

Il se demandait pourquoi, par exemple, lorsqu'il survolait l'eau à une hauteur de la moitié de son envergure, il pouvait demeurer en l'air plus longtemps à moindre effort. Ses planés ne se terminaient pas par l'habituel éclaboussement que provoque sur la mer l'impact des pattes abaissées mais par un long sillage plat lorsqu'il touchait la surface, pattes escamotées. Quand il se mit, au milieu de la plage, à atterrir sur le ventre puis à mesurer à pas comptés la longueur de sa glissade sur le sable, ses parents furent vraiment plongés dans une véritable consternation.

– Mais Jon, lui demanda sa mère, pourquoi, mais pourquoi ? t'est-il donc si difficile, Jon, d'être comme tous les autres membres de la communauté ? Ne peux-tu pas laisser le vol en rase-mottes aux pélicans et aux albatros ? Pourquoi ne manges-tu pas ? Fiston, tu n'as plus que la plume et les os !

– Maman, cela m'est égal de n'avoir que la plume et les os. Ce que je veux, c'est savoir ce qu'il m'est possible et ce qu'il ne m'est pas possible de faire dans les airs, un point c'est tout. Et je ne désire pas autre chose.

– Voyons, Jonathan, lui dit non sans bienveillance son père, l'hiver n'est pas loin. Les bateaux vont se faire rares et les poissons de surface gagner les profondeurs. Si étudier est pour toi un tel besoin, alors étudie tout ce qui concerne notre nourriture et les façons de se la procurer. Ces questions d'aérodynamique, c'est très beau, mais nous ne vivons pas de vol plané. N'oublie jamais que la seule raison du vol, c'est de trouver à manger !

Jonathan, obéissant, acquiesça. »

Richard Bach,
Jonathan Livingston
le Goéland,
traduction de Pierre Clostermann,
© Flammarion.

Le chat qui parlait malgré lui

La parole est une faculté dont certains animaux se passe-
raient bien, tel le chat Gaspard qui se retrouve soudain
capable de parler, mais n'a que faire de ce don magique...

« Gaspard raconta tout à Thomas, depuis le commencement : l'herbe bizarre qu'il avait mangée dans le fond du jardin, les premiers mots qu'il avait prononcés, l'effet que cela lui avait fait d'être le premier chat au monde doué de la parole, sa rencontre avec Minna-la-Minnie, son chagrin en découvrant que les siens le repoussaient.

– Je comprends que tu sois peiné de l'attitude de Minna-la-Minnie, dit Thomas après avoir écouté le récit de son ami. Mais il me semble que tu ne te rends pas compte de ce qu'a de formidable l'aventure qui t'arrive. Tu es un cas exceptionnel. Tu vas connaître la gloire et la fortune. Dans un sens, être le premier chat au monde doué de la parole, c'est encore plus fort que d'être le premier homme à marcher sur la Lune. Tu vas pouvoir servir la science comme aucun chat n'a pu le faire depuis les origines de la vie !

Gaspard rétorqua qu'il redoutait justement la gloire et tout ce qui le sortirait de sa condition de chat, un chat obscur mais très heureux. Il avait grand-peur que, sous prétexte de lui faire servir la science, la science se serve de lui.

— C'est très beau de *servir la science*, dit-il avec la sagacité d'un vieux chat échaudé (quoique Gaspard soit un chat très jeune). Mais servir la science consiste trop souvent à satisfaire les caprices d'un savant un peu maniaque, ou à lui servir d'instrument obscur pour se faire décerner un jour le prix Nobel.

Thomas objecta à la méfiance de Gaspard que des zones immenses du monde chat étaient encore des terres inconnues.

— Est-ce que tu te rends compte que personne jusqu'à présent n'a su exactement ce qui se passait dans la tête des chats et que, grâce à toi, on va pouvoir enfin le savoir ?

Gaspard fut indigné de cette proposition de Thomas.

— Ne compte pas sur moi pour trahir le peuple chat et pour révéler aux Personnes ce qui se passe dans nos têtes. D'abord parce que les Personnes qui en sont dignes, comme toi, savent parfaitement comprendre les chats, comme les chats savent les comprendre. Les autres, ceux qui disent que les chats sont hypocrites, diaboliques, dissimulés, capricieux, indifférents, enfin les imbéciles qui pratiquent le racisme antichat, ceux-là, il n'y a aucun besoin de leur expliquer ce qui se passe dans la tête des chats, et ça ne servirait à rien.

— Bon, concéda Thomas. Je veux bien que la célébrité te soit indifférente, que tu te méfies de certains savants, et que tu ne veuilles pas devenir l'interprète officiel du peuple chat, son intermédiaire avec le monde des Personnes. Mais tout de même, la fortune ne te serait peut-être pas si désagréable ? En tant que Chat-qui-parle, tu peux gagner autant que tu veux, faire du cinéma, des tournées, de la télévision, que sais-je ?... de la publicité, même !

— Tu me connais, répliqua Gaspard d'un ton un peu affligé, et tu connais les chats. As-tu jamais rencontré un chat qui soit *intéressé* ? As-tu jamais vu un chat qui ait des besoins d'argent ? La preuve, c'est qu'il y a des chats de toutes les couleurs, des chats gris, bleus, noirs, verts, roux, etc., qu'il y a des chats à poils longs et des chats à poils courts, des chats avec une queue et des qui n'en ont pas, mais que je te défie de trouver un chat avec des poches. »

Claude Roy,
Le chat qui parlait malgré lui,
© Gallimard

9
SOLUTIONS DES JEUX

Etes-vous plutôt un rat des villes
ou un rat des champs ?

(p. 193)

2 : C - 3 : B - 5 : B - 6 : B - 8 : C - 9 : B - 12 : C.

Si vous avez une majorité de □ : vous êtes vraiment un rat des villes ! La campagne, vous trouvez cela très joli à la télévision, mais pas question pour vous d'y vivre ! Vous aimez les plaisirs citadins, et vous n'êtes pas sûr de savoir distinguer une vache d'un taureau... ce qui peut être dangereux !

Si vous avez une majorité de △ : la campagne vous plaît bien, mais pour les vacances de préférence. Vous aimez les animaux, mais pas trop gros ni trop sauvages. La vie en ville vous convient, même si vous aimez aller de temps en temps prendre l'air des champs.

Si vous avez une majorité de ○ : vive la campagne ! Vous seriez bien volontiers l'ami de Delphine et Marinette. Vous connaissez les animaux, vous aimez l'air pur et la vie au rythme des saisons. Le bruit et la poussière de la ville ne vous conviennent guère.

Avez-vous bien lu « La Patte du chat » ?

(p. 195)

1 : B (p. 8) - 2 : A (p. 7) - 3 : C (p. 14) - 4 : B (p. 10) - 5 : A (p. 9) - 6 : B (p. 17) - 7 : C (p. 20) - 8 : C (p. 25) - 9 : A (p. 25) - 10 : C (p. 32) - 11 : B (p. 31) - 12 : B (p. 32)

Si vous obtenez entre 9 et 12 bonnes réponses : bravo ! Vous avez lu le texte avec beaucoup d'attention et vous avez su en retenir tous les détails.

Si vous obtenez entre 6 et 8 bonnes réponses : vous avez retenu l'essentiel, mais il ne serait pas inutile d'exercer encore votre mémoire.

Si vous obtenez entre 2 et 5 bonnes réponses : vous n'avez pas bien lu le conte, recommencez ; la mémoire doit s'exercer tout comme un muscle.

Si vous obtenez moins de 2 bonnes réponses : ne vous seriez-vous pas trompé de conte ?

Superstitions...
(p. 196)

Cirer ses chaussures un soir de pleine lune (n° 4) n'a jamais porté malheur jusqu'à aujourd'hui...

Les gens du voyage
(p. 197)

2. Les peuples nomades sont les suivants : Touaregs, Berbères, Peuls, Bédouins, Tsiganes.

Seriez-vous un bon détective ?
(p. 198)

2. a) X est une femme, belge, elle a trois sœurs, et pas de frère... !
b) Le chirurgien est une femme, et c'est la mère du petit garçon... Voilà à quelles confusions mène l'utilisation de noms masculins employés pour désigner des femmes !

3. « L'habit ne fait pas le moine. »

Et vous, savez-vous dessiner ?
(p. 200)

a) Violet, indigo, bleu, vert, jaune, orangé, rouge.
b) Bleu, jaune, rouge.
c) Vert, marron, violet.

Jouons aux devinettes
(p. 201)

1. La réponse est « l'homme », car il marche à quatre pattes quand il est petit (au matin de sa vie), sur deux pieds quand il est adulte, et avec une canne, ce qui lui fait trois pieds, quand il est vieux (au soir de sa vie).

2. C'est le Sphinx qui posa cette énigme à Œdipe. Il proposait des énigmes aux voyageurs approchant de Thèbes et dévorait ceux qui ne savaient pas les résoudre.

3. La première personne qui a trouvé la réponse à l'énigme du Sphinx est Œdipe.

4. Le Sphinx s'est tué de dépit.

Connaissez-vous le sens de ces expressions ?
(p. 201)

1 : B - 2 : E - 3 : D - 4 : C - 5 : G - 6 : A - 7 : F

Avez-vous la mémoire des chiffres ?
(p. 202)

1. L'histoire se déroule en moins d'une journée, depuis le départ des parents aux champs jusqu'à l'arrivée du vétérinaire, dans l'après-midi. On peut compter huit heures...

2. L'histoire se déroule dans quatre lieux différents : le pré où les fillettes font de la peinture, la cuisine où elles déjeunent avec les parents, l'étable où ceux-ci découvrent les animaux transformés et la cour de la ferme où le chien renverse le vétérinaire.

3. Les parents interviennent trois fois dans le récit : quand ils interdisent à leurs filles de peindre, quand ils rentrent déjeuner et quand ils reviennent avec le vétérinaire.

4. Trois animaux aident les fillettes en cueillant pour elles les haricots et le trèfle : le canard, le chien et le cochon.

5. Delphine et Marinette peignent six animaux : la sauterelle, les deux bœufs, l'âne, le cheval et le coq.

6. La voiture est située à cent mètres quand l'âne retrouve ses pattes.

7. La voiture est à trente mètres quand le cheval retrouve sa taille.
Comptez 1 point par réponse exacte.

Si vous avez 7 points : vous avez une mémoire d'éléphant ! Bravo !
Si vous avez entre 4 et 6 points : c'est bien ; il vous manque deux ou trois détails, mais vous avez retenu l'essentiel.
Si vous avez moins de 4 points : vous devriez être plus attentif...

Avez-vous bien lu « Les Bœufs » ?
(p. 203)

1. Le prix d'excellence pour Delphine et le prix d'honneur pour Marinette (p. 113)

2. Le sous-préfet (p. 113)

3. A ruminer (p. 117)

4. Victor Hugo (p. 122)

5. Un problème de robinets (p. 123)

6. La règle des participes (p. 126)

7. Un traité sur la fabrication des parapluies et un ouvrage très ancien sur la guérison des rhumatismes (p. 129)

8. En multipliant sa longueur par sa largeur (p. 130)

9. Dans le massif du Saint-Gothard (p. 130)

10. Charles Martel (p. 131)

11. Napoléon et César (p. 133)

12. La philosophie (p. 136)

Rendez à Victor...
(p. 203)

1. L'intrus est *Le Rouge et le Noir*, roman de Stendhal

2. Victor Hugo a vécu de 1802 à 1885.

Mots croisés
(p. 204)

	1	2	3	4	5	6
I	B	O	E	U	F	S
II	L	I	R	E	■	A
III	A	S	■	■	■	G
IV	N	I	C	H	E	E
V	C	F	■	A	N	S

Avez-vous bien lu « Le Problème » ?
(p. 205)

1 : A (p. 151) - 2 : B (p. 154) - 3 : A (p. 145) - 4 : B (p. 150) -
5 : A (p. 145) - 6 : C (p. 147) - 7 : C (p. 155) - 8 : B (p. 140) -
9 : C (p. 141) - 10 : B - 11 : A (p. 160) - 12 : C (p. 165)

Si vous obtenez 12 bonnes réponses : bravo ! Vous avez très bien lu ce conte, et votre mémoire ne vous a pas trahi.

Si vous obtenez entre 9 et 11 bonnes réponses : c'est bien, mais quelques détails vous ont encore échappé. Votre mémoire est bonne cependant.

Si vous obtenez entre 5 et 8 bonnes réponses : ce n'est pas mauvais, mais vous pouvez certainement mieux faire en étant un peu plus attentif.

Si vous obtenez moins de 5 bonnes réponses : il vaudrait mieux relire ce texte dès maintenant si vous voulez en retenir quelque chose...

Un peu d'histoire de France
(p. 206)

1. Les phrases célèbres - A : 3 - B : 4 - C : 5 - D : 2 - E : 1

2. Les règnes - A : François Ier - B : Henri IV - C : Clovis - D : Louis XIV - E : Napoléon Ier

3. Les reines - 1 : C - 2 : E - 3 : D - 4 : B   5 : B - 6 : A

Mots brouillés
(p. 207)

La lettre « morte » est C... comme Charlemagne.